虚《きょ》実《じつ》医《い》霊《りょう》

——除霊整体師　禁忌のカルテ

千国礼拓

彩図社

はじめに

たとえば、もしあなたが突然、霊障に襲われたらどうするだろう。

霊験あらたかな神社仏閣で、お祓いしてもらう？　高名な霊能者に依頼して、霊を説得してもらう？　あるいは現代なら、ネットの世界に救いの手をもとめ、それらの検索結果から最適解を探そうとするのかもしれない。

そして、そのうちのひとつに、

「怪談奇談お持ちの方、初見料はいりません」

「霊障等のご相談もお気軽に」

という謳い文句をかかげる、奇妙な整体院を見つけたらどうするだろうか。

もちろん、そういった手合いには、霊感商法やマインドコントロールなど、あやしげな印象がつきまとう。それを危惧してスルーしてしまうかもしれないし、その点にはたしかに十分な注意が必要だ。けれど、それがかつて私の経営していた院なら、心配はいらない。独自の理論と視点で、心霊と病魔のはざまでゆれる患者さんのなやみと対峙してきた。これはそ

の記録だ。具体的な診療内容を説明すると、

一、まずは入念に症状を精査し、霊障の真贋をはっきりさせる。
二、心と体の関係をわかりやすく解説し、対策の内容を明確に提示する。
三、そののち、適切な手技により憑き物を取りのぞく。

これが、施術の一連のながれとなる。

除霊整体《じょれいせいたい》、というのは技術職だ。

骨格のゆがみを矯正し、気のながれを整えて、憑き物を引っぺがす。

一般的には、超自然のパワーや神仏の加護、そんなスピリチュアルなイメージが先行しがちだが、そうではない。民間療法と魔祓いが融合した、いにしえの修験道のような、医霊《いりょう》一体の職業だと思ってほしい。

病みと闇、疲れと憑かれ。その境界線は、おぼろげで曖昧だ。

かくいう、私が過去に診てきた症例も、

「スマホの自撮り写真が、毎晩、呪いの言葉をかけてくる」

と訴える少女の症状が、じつは身体醜形障害、自分の容姿に病的なこだわりとコンプレッ

クスをしめす、いわゆる美醜恐怖症からくる強迫観念の幻聴だったり、「体のなかで、霊が骨を齧《かじ》っている」という患者さんが、古い骨折経験が原因の体感幻覚。脳が発信する「ニセの痛み」を誤認していたりと、思い込みによる勘ちがいの霊障、虚実でいえば、虚《きょ》の霊障であるケースがほとんどだった。

その場合、じっくり患者さんと対話して、自分の現状を理解してもらう。

人間の心というのは、とても脆くてデリケートだ。

もしかして、これは祟りではないか？　この痛みは悪霊のしわざではないか？　そんな不安から生まれる自己暗示も、専門家ではないふつうのひとにすれば、立派な憑き物といっていい。カウンセリングを通じてそれを解説し、しかるべき物理療法で処置し、症状を緩和するのが、除霊整体師のおもな仕事となる。

ただし——。

長年そういう院を経営していると、なかにはどうしても科学や医学では説明できない、本物の霊障、虚実でいえば、実《じつ》の霊障に出会うこともあった。本書はそれらにもとづいた、心と体にまつわる、実話ベースの創作ホラーだ。

といっても、創作だからと安心してはいけない。

なぜなら、すべての下敷きとなったのは、まぎれもなく私自身の体験で、明日、あなたの身にも起こり得る、日常にひそむ怪奇譚のかずかずなのだから……。

目次

起のカルテ

承のカルテ

転のカルテ

結のカルテ

Chapter 01

起のカルテ

きっかけの患者

かつて除霊整体師と呼ばれた私も、じつは始めからそうだったわけではない。

二十代で整体の専門学校――厳密にはカイロプラクティックという、アメリカ式の整体を習得する学校だが、バキバキッとやるあれのことだ――を卒業し、いくつかの接骨院をわたりあるいて実務経験をつみ終えた、三十代も半ば。

東京と埼玉の県境にほど近い、うなぎの寝床のような細長いマンションの一階テナントの一番奥、昼間でもうす暗い共用通路を、どん詰まりまですすんだ一室で自分の院をかまえたときは、ごくふつうの整体師にすぎなかった。

もちろん、そのころはまだ軒先に、

「怪談奇談お持ちの方、初見料はいりません」

という珍妙な看板をさげてはいなかったし、ネットで検索しながら苦労して自作したお粗末なホームページにも、

「霊障等のご相談は、お気軽に」

などと、うさん臭い一文は、書かれていなかった。

最寄り駅から徒歩数分という好立地と、周囲を公営住宅にかこまれた団地の街という恵まれた条件も手伝って、開業当初から患者さんはそこそこにきてくれた。

ある日、気まぐれに来院したシングルマザー・Sさんも、そのうちのひとりだった。

「あの、初めてなんですけど、いまからお願いできます？」

「大丈夫ですよ、どれくらいでこれますか？」

「もう整体院のまえにいるんで、すぐ行きますね」

電話を切って時計を見あげると、時刻は午前十時すこしまえ。その日の予定は平日ということもあり、午後からご新規さんの予約が二件ほど入っているだけだった。このタイミングでひとり増えても、まず影響は出ない。

――院の出だしとしては、好調じゃないか。

ぼんやり考えているとほどなく、こつこつと共用通路をあるく音が聞こえてくる。

つづいて、ピンポーン、と鳴る旧式のチャイムに、

「どうぞぉ！」

と、院長机から身をのり出して答えると、きぃ、っと軋《きし》んだ音を立てて、スチール製の格子ドアが遠慮がちに開いた。

「すいません、さっき予約したSですけどー」

「ええ、お待ちしてました」

精一杯の営業スマイルで返すと、おそるおそるといった様子でドアの隙間から覗き込んでいたSさんは、ほっと息をついて院のなかに入ってくる。

Sさんの第一印象は、あっけらかんとしたギャルふうで、こう言ってはなんだが子育ての生活感をにおわせない、いまどきの可愛いらしいお母さんだった。所用のため実家へ娘さんをあずけに行き、帰りがけにうちの院の看板を見かけて、思いつきでそこにあった番号に電話をかけてみたのだという。

「最近ちょっと、腰のぐあいが悪くって」

はにかみながら言うそぶりから、症状にさほど深刻さは感じなかった。

――こりゃあ、ひやかしの一見さんかな?

そんな予感はしたが、よくも悪しくも、この仕事にそういう患者さんはつきもので、私もふかく追及することはしなかった。

ただ、ひとつだけいつものパターンとちがったのは、カルテにメモを取りながら問診していると、急にどこかから、パタパタパタパタ、っと小さな子供が駆けまわるような足音が聞こえてくるところだった。それはSさんが院に足を踏み入れたときから始まって、いざ施術の段になっても、断続的につづいていた。

「ごめんね、うるさくて……上の階の住人かな？」

「いえ、アタシこういうの、慣れてますから」

施術台のSさんに詫びると、のんきな答えが返ってくる。

けれど私は、どうにも腑に落ちなかった。

さっきから聞こえるこの音は、院のなか――もっと具体的に言えば、Sさんがうつぶせになっている、施術台のまわりをぐるぐるまわっていないだろうか？　それに上の階の住人に、小さな子供がいるという話も聞いていない。

施術中はおろか、院にいるとき子供の足音を聞くのもこれが初めてだ。

「なんだか、気味悪いね……」

思わず声に出してしまうと、そうですか？　とSさん。

やがて施術は順調にすすみ、バキバキッと骨盤を矯正すると、Sさんは腰をひねったセッティングポジションのまま、うぅっ、とうめき声を漏らす。

「びっくりしたけど、スッキリしたー！」

「あはは、そりゃよかった」

確認のためか、施術台でくぃくぃ腰をねじるSさんに、私は苦笑いで答える。

気づくとなぜか、奇妙な足音もそこで止まっていた。

――やっぱり、考えすぎだったのか……。

きっと経営者になったプレッシャーとまだ慣れない環境のせいで、すこし神経質になっているにちがいない。今度は私がほっと息をつき、一律五千円の施術料プラス初見料千円をうけ取って、Sさんを玄関口まで見送りに出た。

ところが、その帰り際、

「じゃあ、センセ……あの子のこと、よろしくね」

閉まりかけたドアの隙間から、Sさんが囁いて微笑した。

それは施術中のあっけらかんとした印象とはうって変わった、意味深であやしげな、妖怪絵の女狐を思わせる不穏な笑みだった。

「……え？」

一瞬、あっけに取られた私のくちから、間の抜けた声が漏れる。

――あの子、ってなんだ？

――おれとSさん以外、施術室に誰かいたか？

なるべくそれ以上は考えないようにして、共用通路の様子をうかがいに出る。だが、そこにはすでにSさんの姿は見当たらなかった。通りに向かって伸びるうすら長い廊下を、ときおり点滅する蛍光灯がたよりなく照らしているだけだ。茫然と立ちつくす私の背中を、つめたい汗がじっとりと濡らしてゆく。

言うまでもなく、頭のなかには、さきほどの足音のことが浮かんでいた。

ひょっとしてSさんは、あの足音の正体を知っていたのか？　打ち消しても打ち消しても、そんな疑念が拭い切れずにつぎつぎとわいてくる。

とはいえ、当時は私も一介の整体師だ。

変にオカルトじみた解釈をするより、自分の耳を疑ってかかったほうが納得もゆく。これからも、とか、あとは、とか、なにげなくSさんがくちにした社交辞令を、勝手に聞きまちがえてしまっただけだろう。

そう自分に言い聞かせ、きびすを返しかけたとき、

——ズキリ。

と骨盤にしぶるような痛みが奔《はし》った。どきりとして、腰に手を当てる。違和感を覚えたのはSさんとおなじ、右の尻のくぼみあたりだった。

「まさか、ね……」

むりやり引きつった笑みを作り、ふたたび院のなかへ。

しかし、本当の恐怖が襲ってきたのは、夜になってからだった。

じょじょに増す腰痛に耐えながら、どうにか残りの予約をこなした私は、院の看板をさげるとすぐ、おなじマンションの三階にある自室にもどった。シャワーもそこそこに痛み止めがわりのビールを飲み干すと、そのままベッドにたおれ込む。

「まったく、今日はなんて一日だ……」

と、その寝入りばな、

――パタパタ、パタパタパタ。

まどろみかけたあやふやな意識のなかに、なにかがフローリングを蹴る、耳障りな音がわり込んできた。

それはまぎれもなく、昼間、院で聞いたあの足音だった。

「おい、冗談だろ！」

はっとして飛び起きる私の耳に、いっそう激しくなった足音が、降りつける雨のごとく絶え間なくひびいてくる。それはまるで、迷子の子供が必死に母親でも探すように、ところせましと六畳一間の部屋のなかを走りまわっているかのようだった。

「な、なんだ、なんなんだよこれは！」

肝をひやして悲鳴をあげると、足音は私のすぐ横で、ぴたりと止まった。

さらに、ベッドの上に、ボン、と見えないなにかが飛びのる気配があって、下腹部の骨盤の内側あたり――男である私には本来存在しない、ちょうど子宮のあたりに、なかから鷲づかみにされるような痛みが奔った。

うぅっ、と思わずうめき声を漏らす私。するとその腹の上から、

「……ママ」

と、ひとことだけ、悲しげな幼女の声がした。

つぎの瞬間、恐怖と痛みのあまり、私の意識はぷつりととぎれて気をうしなった。

翌朝、めざめて部屋を見まわすと、まるで空き巣にでも入られたかのように、本棚の本と小物がそこら中に叩き落とされていた。さもなければ、小さい子供が、じれて手当たりしだいに目につくものを投げつけたように。

当然、戸締りは完璧で、誰かが侵入した形跡もない。

さすがにもう、ただの思いすごしでかたづけられなくなった私の脳裏を、ふと不吉な予感がよぎっていった。

はたして、Sさんが子供をあずけたのは、本当に実家だったのだろうか？

そのお子さんは、生きた人間だったのだろうか？

もしかして、実際に娘さんをあずかってしまったのは……そんな妄想がふくらんだとき、またじくじくと腰まわりがうずき始めた。

除霊整体院（師匠の話）

Sさんの施術から数日がすぎても、まだ私は怪現象になやまされていた。

夜な夜な部屋を駆けまわる、パタパタと騒がしい足音。朝になると、そこら中に投げ出されている小物や生活用品。

かすかだが確実に聞こえてくる、幼女の悲痛な囁き……。

それは友人に部屋に泊まってもらっても、逆に私が友人宅に避難させてもらっても、ほぼ毎日のように私の身につきまとってきた。

やがて、友人たちの間で、

「あいつ、最近ちょっとおかしくなった」

とうわさが立ち、一緒に怪現象を体験したものはもちろん、うわさを聞いて私の精神状態をあやしんだものたちまで、つぎつぎと私と距離を置き始めた。無理もない。実際、私自身、自分の頭がどうにかなったのではないか、と疑い始めたほどだ。

Sさんを問い詰めようにも、携帯電話は着信拒否にされ、カルテに残された住所も尻切れの不完全なものだった。どうせ一見さんだろう、とふかく追及しなかったことが、ここにきて完全に裏目に出てしまっていた。

さらに追い打ちをかけるように、日増しに腰痛も悪化してゆく。

眠れぬ夜がつづき、仕事も手につかない。

もっとも、昼間は昼間で例の足音が施術室を走りまわるから、患者さんも気味悪がって院によりつかなくなっていた。ようやく定着した常連さんもみんな逃げ出し、経営もふりだしにもどったころ。心身ともに疲弊した私は、ついに最後の手段に訴えることにする。霊にとり憑かれたというなら、もう除霊でもしてもらうしかない。

覚悟を決めて、院のパソコンを立ちあげる。言うまでもなく、目的は除霊を依頼する専門家を探すためだ。そうしている間も不意打ちで足音は駆けまわるが、すでに感覚も麻痺していちいちおどろかなくもなっていた。かまわずネットにつなぎ、検索バーにカーソルを合わせる。が、そこで私の手は、はたと止まった。

――でも、いったいどこの誰に……。

問題はそこだった。

腹こそくくったものの、当然、私の精神が病んでありもしない足音や声が聞こえている、という可能性もまだ十分に残っている。いくら友人との共有体験があるといっても、その記憶でさえあてにならない。多くの心霊体験がそうであるように、いざとなれば記憶など、いくらでも自分に都合よく改変されてしまうからだ。

人間の脳ほど、信用できないものはない。

施術家の本能として、私は誰よりもそれを知っている。

もしもすべてが幻聴で、私がひとりで騒いでいるだけだったら？

患者さんも足音ではなく、そんな私が取る異常行動に怯えていたのだとしたら？

それこそ都市伝説の怪談ではないが、夜ごと部屋が荒らされるのも、無意識下で行動する私自身が犯人だったとしたら。

あらためて自問して、背すじにぞっと悪寒が奔った。

あまり考えたくはなかったが、もし私の症状がそちらのケースなら、神社仏閣のお祓いに効果は期待できないだろう。まして、うかつに自称・霊能者などにコンタクトを取って、霊感商法にでもまき込まれては目も当てられない。

せめてこの霊障が、本物かニセモノか客観的に判断することができれば。

さんざん迷ったすえ、検索バーに自分が住んでいる地域と、除霊、というキーワードだけ入れて検索をかけてみる。

案の定、ずらりとならぶ霊媒師や除霊事務所の広告。それらをすべて無視し、検索ページをなん枚もめくっていると、ふと「霊障案件もお任せください」と堂々と謳った、一件の気功整体院のホームページが目についた。

「……除霊、整体院？」

思わずつぶやくと、またパタパタと背後を駆け抜ける音がする。

頭の奥で、じゅくじゅくと脳が膿んでゆく錯覚があった。

「ここ、行ってみたいのか？　おまえ」

パタ、パタパタパタパタパタパタ――。

やけになってした質問には、歓喜するような足音が返ってきた。これも幻聴だとすれば、私の病みはそうとう進行しているにちがいない。

「わかったよ、じゃあ、決まりだ」

自分の憑き物と会話するくらいには、私は疲れはててしまっていた。

どうにかこの泥沼から、救い出してほしかった。

それに、整体院ならこちらもご同業だ。やれ、なんとかパワーだ、ほにゃらら様のご加護だと持ち出されても、手のうちはだいたい承知している。運がよければ、最悪、カウンセリングくらいは期待できるかもしれない。そんなわずかな望みを込めて、私はホームページの番号に予約の電話を入れた。

そして、その翌日――。

「ありゃあ、ずいぶん可愛いお嬢ちゃんをつれてきたねぇ」

指定された朝一で院を訪ねると、とぼけたあいさつで出迎えてくれたのは、のちに私の師匠となる中国人整体師・劉《りゅう》さんだった。

除霊、というから祭壇でもあるのかと思えば、劉さんの院はどこにでもあるふつうの整体院だった。しいて言えば私の院よりすこし広いくらいで、施術台もふたつあり、それぞれがカーテンで仕切れるようになっている。

なんだか肩すかしをくらってほうけていると、

「ま、いいから、座って座って」

応接ソファーをすすめて、劉さんが一度、キッチンスペースに引っ込んだ。

……本当に大丈夫か、このひとで？

いまさらながら、私の脳裏を一抹の不安がよぎった。

劉さんは私と同年代で、Tシャツとスウェットにドクターコート――いわゆる、お医者ふうの丈の長い白衣を羽織った姿は、整体師というより、マンガかなにかに出てくる、いんちき発明家のような印象があった。言葉づかいにどこか調子っぱずれのイントネーションがあるのは、お国なまりのせいだろう。

はっきり言ってしまえば、見た目だけなら十二分にうさん臭い。

ただ、ひとつだけ気になったのは、開口一番「お嬢ちゃん」という具体的な指摘をしてきたことだった。

予約のとき、私は劉さんに、幼女の声、と伝えただろうか？

ぼんやりとした記憶のひだを探ってみても、疲労のせいかどうも判然としない。伝えたような気もするし、伝えなかったような気もする。もし後者だった場合、劉さんには〝視えている〟ということになるのだが。

――信じるべきか、疑うべきか……。

私の判断は、いまだ医学とオカルトの間でぐらついていた。

「なぁ、おまえはどう思う？」

戯れに尋ねてみても、こんなときにかぎって足音はおろか気配すらしない。とうとう、私の頭もここまできたか……ふかく身を沈めたふたりがけのソファーで自嘲の笑みを浮かべると、かわりに劉さんが、湯飲みをのせた盆を持ってもどってくる。

「え、いまなにか言った？」

「いえ、なにも――」

とまどいがちに答えて、私はギクリとして固まった。

盆の上には、接客用らしい湯飲みがふたつと、マグカップがひとつ。

劉さんは湯飲みのひとつを私のまえに、もうひとつを私の隣に、マグカップをテーブルの対面に置くと、私の向かい側のソファーに腰かけた。私の隣の湯飲みには、ごていねいに子供向けの飴玉までそえてあった。

「あの、これって、もしかして……」

「――しっ」

私の問いを、ひとさし指を自分のくちに当て制す劉さん。

視線はそのまま宙をさまよい、しばらくするとなにかを捉えたように、応接ソファーのまわりをただよい始める。

「ほら、よろこんでる、よろこんでる」

瞬間、すっと血の気が引いてゆく感覚があった。

気のせいか、周囲の空気も、急にじっとりと湿度を増したような感じがする。

――パタ、パタパタパタパタ、パタ。

きた、いつものやつだ。

ただし、これまで感じていたものより、はるかに気配の密度が濃い。まるですぐそこを駆けまわる幼女の姿が、私にも見えるようだった。その質量を持った気配はひとしきりソファーのまわりをぐるぐる周回すると、ボン、とソファーに——ふたりがけの私の隣の席に、いきおいよく飛びのってくる。

ソファーがへこみ、私の体すらゆらぐ衝撃。

もう、疑う余地はなかった。

目にこそ見えないが、その気配は確実に私のかたわらに存在する。

つづけて、ぐい、っと引きつるように右の腰が痛んだ。私はうめき声を漏らし、おそるおそる劉さんの表情をうかがう。

「……いるんですよね、ここに？」

「うん、いま見せてあげるから、びっくりしないでね」

にやりと笑うと、劉さんはくちに当てていた右手をすっとこちらに伸ばしてくる。

そのひとさし指の先が、とん、と私のひたいのまんなかに触れた瞬間、

「はい、じゃあ、隣、ゆっくり見てみて」

私は無言でうなずき、言われるままそろそろと眼球だけ動かし、隣に鎮座する気配を盗み見る。するとそこには——。

「ひッ！」

ついに肉眼で捉えた気配の正体に、私はぶざまな悲鳴をあげた。

ソファーのすみに飛びしさった手が湯飲みに当たり、テーブルの上に冷め始めた中国茶がぶちまけられる。

「あ、あの、あれ、あれ!」

「見た?」

静かに問いかけてくる劉さんの声に、私はがくがくと首肯《しゅこう》するしかなかった。なぜなら、横目でうかがったそこには、私の右腰をぎゅっとつかんでこちらを見あげている、幼女の姿がはっきり見て取れたからだ。

しかもそれは、あきらかにこの世のものではなかった。

異様に青白い肌。

骨と皮だけのような手と足。

劉さんの指がひたいから離れた瞬間、それはぷつりと見えなくなってしまったが、にっこりとほほえむ無邪気な笑顔……その両目があるべき場所はぽっかりと空洞で、ふかい淵の底のような闇をくろぐろと湛えていた。

「まあ、悪気はないみたいだから、怖がらないであげてよ」

苦笑する劉さんにたしなめられても、さすがにそれはむずかしかった。

たしかに足音や気配には慣れてきていたし、声くらいならおどろいても、もう怖いという感覚は麻痺していた。

だが、こればっかりは勝手がちがう。

なにしろ、生まれて初めて、幽霊をこの目で見てしまったのだ。

「む、無理ですよ、そんなの……」

ソファーに身を投げ出したまま硬直する私に、ごめんごめん、と劉さんは手を合わせる。

「なんか疑われてたみたいだから、こうしたほうが、話がはやいと思って」

「にしても、いきなりすぎです」

ひや汗まじりに答えると、劉さんの施術が始まった。


施術中、私の背中をストレッチしながら、劉さんはゆかいそうにけらけらと笑った。

「なるほど、疑ってたのは、ぼくじゃなくて自分の頭だったのね」

「……はぁ」

正直に言えば、そのどちらもだったが、いまさらそんなことは言えない。施術台の私はといえば、劉さんにプロレスの関節技のような体勢を決められたまま、周囲を楽しげに駆けまわる足音と気配を目で追いかけていた。

「たぶん、この子は水子だよ。お母さんが作り出したイメージがまざってるから、こんな姿になっちゃったの」

「そういう、もんですか」

ほがらかに言う劉さんに、たどたどしく答える私。

劉さんの推測によれば、私の霊障の原因になったSさんは、自分にとり憑いた水子の霊――なんらかの事情で堕胎を余儀なくされ、赤ん坊にすらなれなかった胎児の霊を、行き当たりばったりで施術院を訪れては押しつけてゆく、いわば施術家にとっての〝当たり屋〟のような存在だったのだろう、ということだった。

「ふつうは自然にはがれて、すぐお母さんのところに帰るもんだけど、よっぽどあなたのそばが気に入っちゃったんだねぇ」

「やめてくださいよ、笑えない冗談は」

それはそれで切ない話ではあるし、だいたいの謎はなんとなく解明された。

とはいえ……。

いままで気配は感じても、見ることはできなかった私に霊を目視させた、あの奇妙な手品の種明かしはまだだったし、劉さんがついていてくれるから恐怖は軽減しているものの、やはりあんな姿を見せられては、どうにもおちつかない。

「それにしても、なんだったんですか、さっきのあれ？」

思い切って質問してみると、

「ああ、あれ？　あれはぼくの気を送り込んで、えねいとを強化して、一時的にあなたも〝視える〟ようにしてあげたの」

「えねいと？」

「うん、えねいと」

こともなげに言って、劉さんは私の体を横向きにひっくり返す。

そして――。

「たとえば、こうして」

と、ぱん、と拝むように両手のひらを打ち合わせると、それを数回すり合わせてから、そっとセッティングポジションの私の骨盤に当てる。じわ、っとなにかあたたかい、温度のようなものがながれ込んできて、腰まわりのしぶりがやわらいでゆく。

それを見はからったように、

――バン！

と、劉さんの体重がいっきに私の腰にのしかかってきた。

バキバキバキッ。

小気味のいい音がして、ねじくれた骨盤が矯正される。と、つぎの瞬間。

パタパタパタパタパタパタパタ……。

施術台のまわりを、いや、施術台に寝ころぶ私のまわりを走りまわる足音が、解き放たれたように院のそとへ駆け出していった。

劉さんはその気配をほほえましげにながめ、

「ね？　えねいとを上手にあやつれば、こんなこともできるようになる。あの子も無事に、お母さんのところへ帰って行ったよ」

と、子供を見送るように、ばいばい、と手をふった。

私はただ、ぽかんとその様子を見守ることしかできなかった。

この世には、科学や医学で解決できない現象も存在する。身をもってそれを思い知らされたことも驚愕だったし、なにより、こんな施術法が科学全盛の現代に残っていたことに、心の底からおどろかされていた。

ふと気づけば、あれだけ酷かった腰の痛みも嘘のように引いている。

「これが、除霊整体……」

ぽつりとつぶやく私を、ひょい、と施術台の上に起こし、

「そ、でもあなた、それだけ霊に好かれやすいなら、きっと除霊整体師の才能あるよ」

と、劉さん。

「本当ですか、それ？」

苦笑いしながらも、それも悪くないな、と私は思い始めていた。

霊魂や魂が、本当にあるのかはわからない。

えねいと、という謎の単語の意味もよくわからない。

もしかすると、劉さんの手技も催眠術のたぐいで、私の症状もプラシーボ効果――つまり、思い込みの力で勝手に治っただけなのかもしれない。

それでも、こうして施術が終わり、にかっと不敵に笑う劉さんの姿に、私は体だけでなく心まで救われた気がした。

おそらく世間には、私とおなじようにひとりでなやみ苦しむひとたちがいる。

そんな霊障患者さんの力になることも、施術家としてのひとつの生き方ではないか？　そう決心した私が、患者さんの離れた自分の院を一旦休業し、出直して劉さんの教えを乞いに押しかけるのは、この日からすこしあとになってからのことだった。

そうして、晴れて私は劉さんの弟子となった。

憑かれと疲れ

ここまでは、私が患者としてのエピソードだったので、そろそろ施術家として関わった初めての霊障の話でもしようと思う。

といっても、これはまだ修業時代。

師匠の整体院に住み込んで、一から除霊整体の手ほどきをうけていたころの話だ。

その日、明け方のまだ暗いうちから、私は自宅にいる師匠の電話で叩き起こされた。ベッドがわりにしている施術台でもそもそと寝返りを打つと、けたたましく鳴るスマホを探り当てて、緑の受話マークをスライドする。

「ごめん、急ぎの出張整体が入っちゃった。午前中、たのんでいいかな？」

「……え、まじっすか？」

寝ぼけまなこで答えると、うん、とあっさり師匠の声。

修行もすでに半年目に入り、このころになるとたまにこういうこともあった。端的に言えば院のお留守番で、なにかの事情でこられなくなった師匠のかわりに、一般整体の患者さんの施術を私がこなすのだ。

ちなみに除霊整体を請け負うとはいえ、師匠の院も表向き気功整体院だ。やはり除霊案件の患者さんよりも、腰痛とか肩こりとか、一般整体で来院する患者さんのほうが圧倒的に多い。

一応、弟子といっても私のあつかいも従業員で、ふだんは患者さんを担当制にして、給金もちゃんと歩合制でもらっていた。気功整体といっても手技はさまざまで、師匠の施術は私のカイロプラクティックとさしてちがわなかったから、業務上も問題はない。新しいほうの先生、という認識で、患者さんたちにも親しまれていた。

「まあ、いいですよ。とくに、予約が多いわけでもないし」

「そう、じゃあ、よろしくね」

へぇい、と答えて、通話を切る。

大あくびしながらふと目をあげると、就寝時に閉めておいた間仕切りカーテンの隙間から、生首サイズの影が、じっとこちらを見おろしていた。

「うおッ」

間抜けな声をあげ、私は思わず跳ね起きる。

師匠の院で寝泊まりしていると、たびたびこういうことがあった。

除霊整体で引っぺがされた憑き物が、そのまま居座って、二、三日くらい院のなかをふらふらと徘徊しているのだ。

「……ったく、朝っぱらからおどかさないでくれよ」

仏頂面でカーテンを開けると、影はさっと霧散した。

どうせ一時的に見えなくなっただけだろうが、修行して半年ともなれば、私もこれくらいのことはできるようになっていた。

修行中の一日は、朝の気功鍛錬から始まる。

これも方法はいろいろらしいが、師匠が推奨したのは、騎馬立ちで、へその下――丹田《たんでん》を意識して、という、カンフー映画でおなじみの拳法家がする、あのやり方だった。ちがいがあるとすれば、除霊整体の気功鍛錬は、朝、それも日の出のときに限定されていて、日が落ちてからは絶対にしてはいけないというところだった。

朝の気は、陽の気。

夜の気は、陰の気。

体に取り込むのは、正方向に作用する陽の気だけ、という理屈らしかった。

気功鍛錬が終わると朝飯で、キッチンや冷蔵庫は好きにつかっていいと言われていたが、めんどうなので私はコンビニの弁当で毎食すませていた。ついでに言うと風呂はないので、夜は近所の銭湯に出向く。

朝食を取ると院内の準備を整え、そとの喫煙コーナーで一服してから、せまい階段をくだって表まで看板を出しに行く。

師匠の院は、雑居ビルの二階にあった。

あとは予約通り患者さんの施術をこなすだけだが、不測の事態にそなえて、師匠の担当患者さんと、私の担当患者さんの時間帯は、交互にずらしてあった。こうしておけば、どちらかが院に出られなくなっても、もう一方が代理ですべての患者さんを診ることができる。それが、一般整体の患者さんであれば……。

除霊整体の予約が入ったときは、助手、という名目で私が立ち会わせてもらうケースがほとんどだった。

そうやって、実地で手技を盗ませるのが、師匠の方針だった。

やがて受付時間になり、最初の患者さんがやってくる。

はずだったのだが。

「先生、ちょっと診てもらえないかしら？」

弱々しい声に院の入口をふり向くと、Gさんという常連のお婆ちゃんが立っている。

「あれ、どうしたの、Gさん？　今日、予約は入ってないはずだけど」

「それがねぇ」

くちごもるGさんの顔色は、その時点であまりよくなかった。

ちらりと時計を確認すると、朝一患者さんの予約の時間もせまっている。だが、さすがにこの状態のGさんを、予約制だから、と追い返すわけにもいかない。しばしの逡巡のあと、私はGさんに応接ソファーをすすめる。

「ごめん、Gさん、せっかくだけど師しょ……や、大先生《おおせんせい》、午前中お休みなんだ。おれでよければ、話は聞くけど……」

「ええ、もちろん、そのつもりできたの」

ん？　どういうことだ、それ？

一瞬、言葉の意味がわからなくて私は固まった。

Gさんを安心させるためにも、表面上はにこやかにほほえんでいるが、頭のなかはクエスチョンマークでいっぱいになる。

というのも、このGさん。

ふだんは師匠が専属で担当している、除霊整体の患者さんなのだ。

しかも、少々やっかいなことに、本人にその自覚がまったくない。やさしいひとがらのせいか事故現場や動物の亡骸を見ると、ジュースや花を供えてしまい、ちょくちょく雑霊にとり憑かれて体調不良に陥るのだが、Ｇさん自身はそれを、加齢からくる老化現象、と認識し、どこか具合が悪くなると、一般整体の患者さんとして来院するのがお約束だった。

そういう場合、こちらもいちいち無用な説明はしない。

患者さんをむだに怖がらせないよう、〝肩こりや腰痛の一般整体〟という体裁で施術し、さりげなく憑き物を引っぺがす。

なので、師匠が留守なら私の施術でも、という心情は理解できた。

たぶん、なりふりかまっていられないくらい、どこか具合が悪いのだろう。

けれど、それはあくまで、患者さん側の事情だ。

タテマエがどうであれ、結局は除霊整体なのだから、十中八九、まだ未熟な私ではなく師匠でなければ対処できない。

――だから、Ｇさんにも、つねに師匠が専属だと釘を刺してるのに……。

そんな私の困惑が伝わったのか、

「ごめんなさいね、いきなり無理なことたのんじゃって」

と、もうしわけなさそうにＧさんはうつむく。

「でも、きのうの夕方から、本当に頭痛が酷くって……いつもの肩こりだと思うんだけど、明け方くらいに我慢ができなくなって、つい、大先生の携帯電話に連絡しちゃったの。そうしたら、朝一でここにくるように言われて……」

Ｇさんの話によれば、師匠はこうも伝えたという。

「わかった、朝の患者さんは、ぼくからキャンセルの電話をしとくから。新しいほうの先生に診てもらって」

……本気か、師匠？

ふいにめまいがして、視界がまっくらになった。

気を取り直して頭をひとふりすると、Ｇさんに向かってにっこりほほえむ。

「そう、それは大変だったねぇ」

言いながら、私はかるくパニック状態に陥っていた。

ようやく明け方の電話の真意に気づいて、かるはずみに留守番を引きうけた自分を呪ってやりたい気分になった。

あれは、師匠の援護要請だったのだ。

自分は急ぎの依頼で手が離せないから、かわりにＧさんの除霊施術をしてくれ、という意味の電話だったのだ。あっちはあっちで、きっといまごろ緊急事態にちがいない。それは想像するにかたくなかったが……。

――にしても、投げっぱなしはないだろう。

私の背中を、緊張の汗が濡らす。

おおむねの事情は把握できたが、いくらなんでも無茶ブリすぎだ。

たしかにこの半年、師匠の除霊施術には、なん度も立ち会った。ちゃんとカルテも読んで、これまでのGさんの症例も承知している。

師匠の実戦主義も理解したつもりだし、それに異をとなえるつもりもない。

だが、それとこれとは話がべつだ。私は半人前の除霊整体師なのだ。なんの準備もなしに、ぶっつけ本番で施術をこころみてしくじったら、患者さん——Gさんの身になにが起こるかわからない。よしんば成功したとしても、引っぺがした憑き物はどうする？　師匠の言葉を信じるとすれば、私はもともと霊に好かれやすい体質なのだ。いつも院のなかを徘徊しているような半端なやつならいいが、万が一、Gさんが強力な邪霊を引きつけていて、今度は施術直後の弱った私がとり憑かれてしまったら……。

まばたきほどの一瞬の間に、さまざまな思考が脳内をめぐる。

ぶっちゃけてしまえば、私はビビっていた。

「Gさん、あのね……」

ついくちをついた一言は、気のまよい、というより臆病風からだった。

そのとき私は、どれだけ悲痛な顔をしていたのだろう？

ああ、そうよね、と力なく返したGさんの心細げな表情は、いまでも戒めとしてけっして忘れていない。ひたいにあぶら汗をにじませながら帰り支度をするGさんは、精一杯の笑顔を私に向けてこう言った。

「大丈夫よ、気にしないで？　きっとすこし、疲れが溜まっただけだから」

それを見て、やっと私の決意は固まった。

「いえ、憑かれなら……なおさら、おれに任せといてください」

渾身の強がりで施術を引きうけたものの、私の足はみっともなく震えていた。

施術台に腰かけたGさんの頸椎《けいつい》を背後から触診しながら、必死に記憶の糸をたぐる。一般整体も除霊整体も、ここまでの手順はおなじはずだ。

後頭部から下に、一椎、二椎――。

かぞえて三椎めの第四頸椎に、左側への後方変異が確認できた。

――問題は……。

憑き物の有無を見きわめるつぎのステップで、まだ私くらいの気の練度では、師匠のように自由自在、というわけにはいかない。明け方の生首のように、たまたま波長が合えば視ることだってできるが、いまはそんな偶然に期待する余裕もない。両目に気をめぐらせるイメージで、眉間のあたりにぎゅっと意識を集中する。

と、Gさんの左肩に鎮座する、レンガ大の黒い影がぼんやりと視えた。

――子猫、か、これ？

まちがいない、これは霊障だ。くわしい経緯は不明だが、Gさんはまた、どこかで雑霊を拾ってきてしまったのだ。ただ、憑き物に害意の念は感じない。怨霊のたぐいではなかったのが、せめてもの救いというところか。

ほっと安堵の息をつくと、Gさんがこわごわと尋ねてくる。

「どうかしら、先生？」

「うん、これは……肩こりが原因の、いつもの頭痛だね」

嘘も方便、とはよく言ったもので、それを聞いたGさんの緊張がすっとゆるんだ。肩越しにふり向くと、今度は心からの笑顔を浮かべる。

「よかった、脳梗塞とか、おっかない病気じゃなかったのね」

「ええ、心配いりませんよ」

私も笑顔で答え、Gさんをあお向けに寝かせた。

さて、ここからが本当の正念場だ。

憑き物を引っぺがすには、Gさんの生体エネルギーのながれを……私を施術したあの日、師匠がくちにした謎のキーワード、えねいとを操作する必要がある。

そう、えねいと。

それは人体をめぐる、自然治癒力、適応力、生命力などを象徴する概念で、除霊整体だけでなく、師匠の気功整体の根幹となる理念だった。簡単に説明すると、怪我をしてもやがて傷はふさがり、かさぶたができる、といったような、生物が生まれ持つ潜在能力の総称だ。

黎明期のカイロプラクティックにも、イネイト・インテリジェンスというよく似た用語があるが、どうやらそれがなまったものらしい。

えねいとが滞ると、そこに陰の気が溜まる。

陰の気が溜まると、よくないものが引きつけられる。

よくないもの、とは、師匠の言う憑き物のことで、ひとや動物が死んだあとに残ったえねいとを、磁場が記憶した存在だという。

Gさんの首は、もともとの頸椎変異でえねいとが滞り、弱っていたところに子猫の残留思念が引きよせられたと推測できた。かつて施術の疲れでえねいとの弱った私が、水子の霊を押しつけられたのと同様のパターンというわけだ。

生者のえねいとは陽の気で、死者や悪意のえねいとは陰の気。ただでさえ弱ったえねいとのながれに負方向のエネルギーが憑くのだから、それが体にいいわけがない。つまりGさんを救うには、負のエネルギー体である憑き物を取りのぞくしかない。

——できるのか、おれに？

自分に問いかけると、またプレッシャーで足が震えてくる。

かたかた小きざみにゆれるひざに喝を入れ、私は深呼吸をした。教わったとか、教わってないとか、あまえた寝言を吐く段階ではない。

できるできないではなく、私がやるしかないのだ。

「じゃあ、Gさん。さっそく、頭痛のもとを引っぺがしちゃおうか」

私は問診用の回転イスを引きよせると、Gさんの枕もとに陣取った。目を閉じると意識を腹の底あたりに持っていって、

——ぱん！

と、両手のひらを打ち合わせて、そこに気を集束する。気の練り方はひとそれぞれで、私の場合は師匠の拝み手とちがい、左右の手を半回転ずつずらした変則スタイルだ。

右手の指先を下へ。

左手の指先を上へ。

たがいちがいの手首をすばやく返して一度だけすり合わせると、その両手のひらのなかに小さなボールのイメージを作り、気をふくらませる。もう、臆するひまはなかった。私を信

頼してくれたGさんを、どうにか救ってあげたかった。

ゆっくり離した両手のひらを、あお向けのGさんの首の下へ。

両手で頭をささえるようにして、Gさんの頸椎から気を送り込んでゆく。

感覚的にしか表現できないが、えねいとの読み方は基本、ハイスピードでながれる温水のなかの様子を、手のひらの触覚で探るような感じだ。気を連結具にして、Gさんと私のえねいとをつなぐ感じ、といえば伝わるだろうか？

そうしてえねいとを探っていると、いろいろなイメージがながれ込んでくる。

朝一の院で、ほうけた顔をしてGさんを迎える私。

明け方、受話器があがった状態の固定電話。

Gさんの目で見たとおぼしき情景が、フラッシュ映像のように、新しいほうから逆順に私の脳内にまたたいては消える。

ひとのプライベートを覗くようで、あまりいい気分はしなかったが、気の練度の低い私はまだ必要なイメージだけ抽出する技術は身につけていなかった。Gさんにはもうしわけないが、こればかりは我慢してもらうしかない。

——ちがう、もっと、もうすこしまえの記憶を……。

具体的には、Gさんの頭痛が始まった、前日の夕方の記憶を。

師匠ならもっとスムーズに施術をこなすのだろうが、このころの私では、順ぐりにイメージをさかのぼるのが精一杯だった。

がっちり結びついた子猫とGさんのえねぃとを切り離すには、子猫がGさんに引きよせられたポイントを見つけ、縁を断つきっかけを作るしかなかった。〝当たり屋〟Sさんが私に、よろしくね、と声をかけて自分と水子の縁を切ったように。

やがて場面は飛び、前日の夜の記憶へ。

さらにさかのぼった夕刻、Gさんの視界の記憶には、公園の片すみでぐったりと横たわるぶち猫の姿が残っていた。

そこに向かって合わせられた、Gさんの両手の映像と一緒に。

なるほど、だからおまえは……。

――つかまえた。

ここが子猫とGさんをつなぐ、えねぃとの結び目だ。

私はいっきに気をながし込み、Gさんのえねぃとを補充する。

Gさんの気は活性化し、滞っていた首のえねぃともいきおいを取りもどす。

同時に物理療法で頸椎を矯正すると、ぷつん、という手応えがあって、Gさんと子猫をつないでいた、えねぃとの結び目も断ち切れた。

——こきん。

と、Gさんの頸椎が鳴る小さな音がして、影の子猫はびっくりしたようにGさんのかたわらから飛びしさった。かわいそうなようだが、このままおまえがGさんになつきつづけると、Gさんがどんどん弱ってしまう。おまえが自分のえねいとをコントロールできない以上、やはり一緒にいることはできないのだ。

窓ガラスをすり抜けてゆく子猫の影に、私は心のなかでそうつぶやいた。

施術が終わるとGさんの顔色もすっかりよくなり、身なりを整え、にっこりと満面の笑みで帰って行った。

「ありがと、先生、頭痛、嘘みたいに治っちゃった」

「そりゃよかった、お大事に」

Gさんの姿が見えなくなると、私はどかっとソファーにくずれ落ちた。

それなりに長かった私の整体師歴のなかでも、このときの施術が一番、神経をすり減らした施術だったかもしれない。

ふぅ、と大きく息を漏らすと、階段をくだるGさんの足音が遠ざかってゆく。それと入れかわりに、誰かが階段をのぼってくる足音がする。

ノックもチャイムもなしに院のドアがいきおいよく開くと、

「はい、おつかれ、さん」

と、調子っぱずれのイントネーションで言って、ひょっこり師匠が顔を出した。

「あ、れ……？　師匠、出張整体だったんじゃ」

「ああ、あれはねぇ」

ばつが悪そうにこりこりとひたいを掻く師匠の困り笑いで、私は自分の身に起こったことのすべてをさとった。今日、私は師匠に試されていたのだ。

私のうでが、いまどれくらいなのか？　いざというとき、自分の教えを守れるのか？　除霊整体師としての覚悟が、本当にあるのか？　なにより、突然の試練を——予測外の霊障で苦しむ患者さんをまえにしても、それでも逃げ出さない、施術家として、いや、ひととして、最低限の気概を私がそなえているのか？

それを師匠は、抜き打ちでテストしたのだ。

実際には、急な出張整体、など入っておらず、有事の際は自分が施術を交代できるよう、師匠は院の近くで待機していたという。

「なんすか、それ！　酷いじゃないっすか！」

「ごめんごめん、そのかわり、いいものあげるから」

食ってかかる私をなだめると、師匠は上着のポケットをごそごそと探り、紫の根付紐のついた水晶の勾玉《まがたま》をさし出してくる。

それは師匠が気を込めてくれた、いわば守り石で、引っぺがした憑き物にとり憑かれるのを防いでくれたり、一時的に私の気を強化してくれたりする、除霊整体師の必須アイテムといってもいいものだった。

「まあ、卒業証書がわり、ってところかな」

でも、まだまだ未熟なんだから、鍛錬はつづけなくちゃだめだよ？　そうつけ足して、師匠はにかっと、いつもの笑顔を浮かべた。

そしてようやく舞台は、営業を再開した私の整体院へとうつる。

まぶたを閉じると

「あんまり怖くないし、もしかすると勘ちがいかもしれないよ？」

施術台でそう切り出したのは、Mちゃんという若い女の子の患者さんだった。

当時、私の院の軒先には、

「怪談奇談お持ちの方、初見料はいりません」

の板看板がすでにさげてあって、来院時にそれを見たMちゃんが、おもしろがって持ちネタを披露してくれる、ということだった。

「へぇ、そりゃうれしいね。もしかすると、力になれるかもしれないし」

「ん？　それ、どゆこと？」

かるくちまじりの私に、うつぶせの状態から顔だけあげて小首をかしげるMちゃん。

一般整体で受付したMちゃんは、除霊整体のことは知らない。

営業を再開した私の院は、師匠のすすめもあって、除霊整体を前面に押し出しての広告はさけていたからだ。自分は堂々と謳っておいてどういうことだ？　とも思わなくはないが、あまり除霊、除霊、とせっつきすぎると、うさん臭さが増す——というのが、経営者としても先達である師匠の見解だった。

くだんの板看板の文言も、ホームページにこっそり足した、霊障、の一文も、

「それくらいのさじ加減のほうが、患者さんの興味も引けるし、なにかあったとき相談しやすいでしょ？　結局、除霊整体だって、一般整体の延長なんだし」

という、師匠の助言にもとづいたものだった。

それでも、初めての私の霊障患者・Gさんのように、自分では霊障だと気づいていない患者さんの憑き物をさりげなく引っぺがしたりしているうち、あそこなら病院で治らない症状も改善する、とクチコミで広がり、そこそこに繁盛はしていた。

さておき——。

「えっと、じつはねぇ」

思わせぶりな抑揚をつけて、Mちゃんはつづける。

なんでもMちゃんは子供のころから、寝入りばなの閉じたまぶたの裏側に、〝いくつものひとの顔が浮かんでは消える〞、という不思議な光景が見えるらしい。

カレシや友だち、お父さんにお母さん。

それはMちゃんのごく身近なひとの顔のこともあれば、まったく知らない誰かの顔だった

りもする。そのくるくるかわってゆく顔を観察するのが、おやすみまえのMちゃんの、ひそかな儀式なのだそうだ。

「ああ、きっとそりゃ、入眠時心象、ってやつだね」

「にゅうみんじしんしょう？」

「そう、なんていうか、人間の生理現象みたいなもんかな？」

きょとんとするMちゃんの肩こりの施術をしながら、私は苦笑いで答える。

入眠時心象とは、文字通り睡眠導入時に脳が見せる疑似映像のようなもので、外部刺激をシャットアウトするための、脳内イメージだとされている。

そのメカニズムについてはいろいろ仮説も立てられていて、じつはまだ仕組みが解明されていない人体の不思議のひとつではあるのだが、さほどめずらしい現象でもないので、憶えのあるひとも多いかもしれない。

かくいう私も、つぎつぎと、とまではいかないが、ひとの顔や部屋のなかの光景、ときには窓のそとの風景まで、はっきり見えることがある。

……とまぁ、ここまではそんな、よくある部類の話だったのだが。

「ちがうちがう、そうじゃないんだって！」

がばっと急に身を起こすMちゃんにおどろき、私は思わず施術の手を止めた。

Mちゃんはそのまま施術台の上にあぐらをかくと、身ぶり手ぶりをつけながら、臨場感たっぷりに解説し始める。

「ネットにもそんなこと書いてあったけど、わたしのはちょっとちがうんだって」

「ふぅん、どんなふうに？」

すこし興味がわいてきて、私も真剣にMちゃんの話に耳をかたむけた。

Mちゃんの解説によれば、問題はここからららしい。

その夜、バイトの激務でどっぷり疲れたMちゃんは、帰宅すると化粧落としもそこそこに、ベッドにたおれ込んだのだそうだ。

まぶたを閉じてしばらくすると、いつものように、そこにひとの顔が浮かんできた。その日は知らないオジサンの顔、というか後頭部で、Mちゃんいわく、ちょっとうつむき加減でさびしそうだった、という。

「でも、なんかちょっとおかしいの」

「というと？」

「それがね、その日にかぎって、顔が入れかわらないの。ぜんぜん」

まあ、そんなこともあるかな？　思い直したMちゃんは、じぃ、と髪のうすいオジサンの後頭部を観察しつづけるが、いっこうに映像に変化はない。ふだんはそうしているうち、眠りについてしまうのだが、その気配すらなかった。バイトで体はくたくたのはずなのに、逆に意識がはっきりしてきたような気すらする。

「でね、なんか、いや〜な感じがして目がさえちゃったから、わたし思い切って目を開けてみたの……そしたら」

開けたはずの目のまえに、オジサンの後頭部はまだあった。

「ビー玉くらいのちっちゃい頭なんだけど、寝てるわたしの顔の横に、半分透けたみたいにふわふわ浮かんでて、ゆっくりふり向きながら〝うぁあぁぁ……〟って」

苦悶の表情でうめいたオジサンの顔は青白く、こちらをふり向き切った瞬間、ぱっとかき消えてしまった。びっくりしたMちゃんは、わけもわからずベッドから跳ね起き、壁に背をよせてとっさに身を縮こまらせた。

するると、追い打ちをかけるように、

「……見てたろ？」

というかすれた声が、耳のすぐうしろからしたという。

「だから、それ以来、顔が見え始めたら、絶対に目を開けないようにしてるんだー」

なぜか得意げにひとさし指を立てるMちゃん。

私は、ふむ、とうなずき、

「うん、おもしろかったよ。お礼に初見料だけじゃなく、気功整体もサービスするから、こっちに背中を向けてくれるかな?」

そう告げて、白衣のポケットから師匠の守り石を取り出す。

どうやらMちゃんも、私やGさんとおなじく、よせやすい体質らしい。

「マジで? ラッキー!」

はしゃぐMちゃんにうしろを向かせて守り石を握り込むと、私は深呼吸をして、とんとん、と自分のひたいのまんなかにその拳を打ちつけた。

守り石からながれ込む師匠の気の助けも借り、両目に気をあつめてMちゃんの背筋まわりをじっくりと観察する。案の定、肩甲帯――肩甲骨と肩甲骨の間あたりにまとわりつく、いくつかの雑霊の影が視えた。

「ああ、こりゃたしかにきつそうだ」

「でしょ?」

ぱん、と両手のひらを合わせ、Mちゃんの背中に気を送り込む。

えねいとのながれを探り、縁のポイントを見つけて、憑き物との結び目を順々に断ち切ってゆく。雑霊たちはMちゃんから離れ、ふらふらと院のなかをさまよい始めた。放っておけばじきに飽きて、勝手にどこかに去ってゆくだろう。

頭上を飛びかうその生首たちの影を目のはしで追っていると、うちのひとつが、くるりとふり向いてこちらにせまってきた。見てたろ……。ほんの一瞬、私もそんな声を聞いたような気がしたが、問題はない。

守り石の加護があれば、私や患者さんがとり憑かれる心配もないはずだ。

「うわ、気功すげー！　一発で肩こり解消した！」

Mちゃんも「サービスの気功整体」のことは気に入ってくれたようで、それからまた肩こりが酷くなると、そっちのオーダーで来院するようになった。

以来、私が院の看板をおろすまで、大切なお得意さんのひとりになってくれていた。

ひとつ気になることがあるとすれば、それから私の入眠時心象にも、たまにオジサンの頭がまじるようになったことくらいだろうか？　そういうときは私もMちゃんにならって、けっして目を開けないように心がけていた。

師匠の力は信じていたが、一応、念のため。

ころぶおんな

梨状筋症候群《りじょうきんしょうこうぐん》、という症状をご存じだろうか？

いわゆる慢性腰痛の一種で、ざっくり説明すると、尻のわきあたりにある梨状筋が坐骨神経を圧迫して起こる、坐骨神経痛のことだ。

おもな症状は、尻やふともも、ふくらはぎにかけての痛みや痺れで、進行するとまれに歩行障害が出ることもある。デスクワークやドライバー、とくにタクシーや長距離トラックの運転手さんなど、座った姿勢が長時間におよぶ職業の方が発症しやすい。

この歩行障害、というのがまたやっかいで、通常、人間はあるくとき——。

一、地面から足を持ちあげて踏み出す。

二、踏み出している途中で、さがった状態の爪先をあげる。

三、爪先をあげた状態でかかとから着地する。

という一連の動作を無意識でくり返しているが、梨状筋症候群で坐骨神経の伝達不良が発生すると体の反応が遅れ、爪先がさがったまま着地して、なにもないところでころんでしまったりすることがある。

「カレシの、死んだモトカノの霊にとり憑かれた」

というふれ込みで来院した妙齢の女性患者・Eさんの症状は、まさにその典型で、本人の思い込みによる、虚の霊障だと思われた。

「ですから、いまも説明したように――」

「そんな説明いいから、はやく除霊してください！」

「いや、だから――」

「なんで、できないんですか！」

それを説明中なのだが、どうにも取りつく島がない。

除霊整体の依頼で訪れる患者さんは、もともと自己完結型のひとも多く、来院してきた時点で〝これは霊障だ〟と自分で決めつけているケースもすくなくない。なので私もこういう押し問答には慣れているといえば慣れていたが、たびたびさえぎられるやり取りに、さすがにすこしばかりげんなりしていた。

「わかりました、じゃあもう一度、はじめからお話しします！」

食ってかかるEさんに、私はジェスチャーで、どうぞ、とうながす。

ため息まじりにふたたび経緯を話し始めるEさんによれば、きっかけはカレシさんとのドライブの際に撮った、一枚の写真だったらしい。

それはぞくにいう心霊写真というやつで、展望台で夜景をバックにしたEさんを撮ったものなのだが、スカートから覗くEさんの左足がすっぱり消失していた。ただし、これは私もEさんのスマホで確認させてもらったが、どうもグレーゾーンな一枚だった。えねいとを読んで確認するまでもなく、不自然なほど体をひねったモデル立ちのEさんの左足が、ひらひらのスカートのなかで右足のうしろに隠れてしまっているだけのように見えた。

「だから、私もそのときは気にしなかったんです」

でも、とEさんは目をふせる。

さっきそれも聞きました、とも言えないので私も無言でうなずく。

わりと長い話なので、私がEさんにかわって要約すると、そこから事態は思いもよらぬ方向に展開していったそうだ。

「なにこれ、心霊写真みたい」

その場で写真を確認したEさんは、絵面的にもさほど怖い画像ではなかったので、スマホのカメラの誤作動だろう、くらいに思って冗談めかしてカレシさんに報告した。ところがカレシさんの反応は、Eさんの予想とはだいぶちがった。

「帰ろう、すぐに」

そう告げてEさんを助手席に押し込むと、あわてた様子で愛車のエンジンをかけ、逃げるようにその場をあとにしたという。

帰途の車中、不審に思ったEさんは、無言で車を走らせるカレシさんに、

「なに、どうしたの？　あんなの、ただのスマホの故障でしょ？」

と、切り出した。

すると、やっとカレシさんが重いくちを開く。

「ちがう、あれ、きっと、モトカノのしわざだ。新しいカノジョを作った俺のことを恨んで、おまえに祟ってきたんだ」

「……え？」

まだつきあって間もないEさんは、寝耳に水だった。

ハンドルを握る手を小きざみに震わせながら、カレシさんは懺悔でもするように、モトカノさんのことを語り始める。

それは、以下のような話だった。

高校生時代、まだバイクの免許しか持っていなかったカレシさんは、どこに行くにもバイ

クで移動していたのだそうだ。もちろん、当時つきあっていた恋人とのデートもバイクにタンデムした、いわゆるツーリングデートというやつで、バイクのうしろに恋人をのせて、しょっちゅういろいろなところに出かけていたらしい。

ところがある日のデート中、カレシさんは事故ってしまった。

相手の車は大型トラックで、交差点を左折する際、カレシさんのバイクに気づかずハンドルを切って、まき込んでしまったのだ。

さいわいカレシさんは投げ出され、怪我はしたものの一命は取り留めた。

が、残念ながら恋人は命を落としてしまい、その遺体の左足は、無惨にもひざから下がちぎれ飛んでしまっていたという。

「それを聞いたときは、ショックでした。カレシが私にモトカノのことを隠していたからじゃなく、事故現場の状況を思い浮かべてしまって……」

Eさんは沈痛な面持ちで言う。

つられて想像した私の首すじを、ぞわっとつめたいものがなでつけていった。

「で、それから実際に、左足の具合が悪くなった、と」

「そうです……」

Eさんの証言によれば、最初に異変に気づいたのは仕事中。

勤務先の設計事務所で、事務処理をしていたときのことだそうだ。

上司にたのまれて図面をコピーしに行く途中、平坦なクッションフロアの上で、なにかに足を取られてEさんは転倒した。

「あはは、どうしたの？　そんなところで」

「いえ、ちょっとつまずいて」

ひやかす上司にあいそ笑いを浮かべたEさんは、なにげなくつまずいた足に手を触れ、ぎくりとしたという。

引っかかったのは、写真で消えていた左足だ。

「ですから、それは梨状筋症候群の典型的な症状で、ただの偶然――」

私が言いかけると、

「じゃあ、これも偶然だって言うんですか！」

Eさんはおもむろにパンツスーツの左足をまくりあげる。

そのふくらはぎには、くっきりと手形のあざが浮かびあがっていた。

「……こりゃあ」

今度は、私がぎくりとする番だった。たしかにただの坐骨神経痛で、こんな症状が出るわけがない。Eさんに詫びると、すぐに施術台に移動する。

「ほら、言った通りでしょう?」

「面目ない……」

鬼の首を取ったように言うEさんに、私はくちごもるしかなかった。

慢心、とは、まさにこのことをいうのだろう。

始めに症状を聞いた時点で、ろくにえねいとも読まずにただの腰痛と決めつけ、憑き物の有無すら確認しようとしなかった。院の再開からそれなりに時間も経ち、除霊施術にも慣れてしまって、調子にのっていたというほかはない。

あらためて気を込めて確認してみると、たしかにEさんの腰から左足首にかけて、なにか黒いモヤのようなものがずるずると絡みついている。

しかし、どうも様子がおかしい。

また感覚的な表現になってしまうが、それはいままで私が視てきた、死者の残留思念、とはちがった、もっとどろどろとした、つかみどころのない、純度の高い悪意そのもの、とでも呼んだほうがいいような、得体のしれない念のかたまりだった。

――これ、ひょっとして、生霊か?

言いわけにはなってしまうが、それでEさんと私のいきちがいの謎がとけた。

念には抽象的なイメージはあっても、具体的な姿形がない。

予約のときに聞いていた、〝カレシの死んだモトカノ〟というEさんの言葉に、私の意識は引っぱられていた。視ようとする対象を無意識に、死者のえねいと、と限定したせいで、微妙に気のチューニングがずれてしまっていたのだ。

結局、決めつけているのは、患者さんだけでなく私も一緒だった。

「なにか、思い当たることは？」

「いえ、生きているひとに恨まれる憶えは、私にはなにも……」

即答するEさんの骨盤に気を送って矯正すると、黒いモヤは一瞬、人間の手の形になって霧散していった。手形のあざはしばらく残るだろうが、これで梨状筋症候群は改善されて、Eさんがなにもない場所でころぶこともなくなるだろう。

お大事に、と声をかけると、Eさんは憮然としてつぶやく。

「でもこれ、生霊ってことは……死んだモトカノじゃなくて、ちゃんと生きてる浮気相手の祟りだった、ってことですよね？」

「いやぁ、そのへんは、おれにはなんとも」

苦笑いで返すと、Eさんは釈然としない様子で帰って行った。その背中を見送りながら、私は先入観の怖ろしさと、除霊整体師の道のけわしさを再認識していた。

ひっぱったのは誰？

ころぶつながりで言えば、こんな霊障案件もある。

一般整体の常連患者さん、主婦のHさんから相談をうけた症例だ。

Hさん宅は家族そろって旅行好きで、いつも年末には旦那さんと一緒に、湯治をかねて温泉旅行をするのが恒例行事だった。

ふだんは別居しているHさんのお母さんも腰が悪く、たまに私の院に施術をうけにきてくれたりもしていたが、毎年その旅行には同行する。

行き先は毎回ちがう温泉で、それをご夫婦で選ぶのも旅行の楽しみのひとつ。が、その年は前年に利用した温泉場のスタッフさんの接客がとてもよかったこともあり、お母さんのたっての希望で、おなじ旅館に宿を決めたそうだ。

「去年はお母さんがころんで腰を打って、大騒ぎしたんだけどね」

そう教えてくれたHさんいわく、その際の対応も迅速で好印象だったらしい。

だから私も、

「へぇ、それはよかったですね」

と答えておいた。

ところがその旅行から帰ってきた年明け早々、Hさんは不思議そうに首をかしげる。

「……先生、あのね、ちょっと聞いてくれる？」

もちろんお得意さんのしてくれる世間話を、断る理由はない。

私がにっこり笑って、いいですよ、なにかありましたか？　と返すと、Hさんはなんともいえない複雑な顔でこう話してくれた。

「じつはこのまえの温泉旅行なんだけど、お母さんがまたころんじゃって」

「あちゃ、そりゃ大変でしたね」

「うん、それはそれで大変だったんだけど……それより不思議なのが、ころんだのが去年とまったくおなじ場所でなのよ」

Hさんによれば、そこは部屋から浴場に向かう長い廊下の途中で、とくにすべりやすいわけでもない、ふつうの木の床だったという。

「だから私、言ったの。〝お母さん、また去年とおなじ場所じゃない〟って」

するとお母さんも不思議そうに首をかしげ、

「そうだねぇ、また誰かにひっぱられちゃったみたい」

Hさんに向かって、そう言ったそうだ。

最初はHさんもお母さんの言っていることがよく理解できず、

「……え、なに？　誰にひっぱられたって？」

と聞くと、

「だから誰かにひっぱられたんだよ。去年みたいに……」

お母さんは言って、腰をさすりながら浴場に向かって行ってしまった。

「ねぇ、先生、この話どう思う？」

Hさんは神妙に眉をひそめたが、そんなことを聞かれても、私だってわからない。しかも話にはつづきがあり、ここまでなら、ただの偶然、でも納得できるものの、どうもそう簡単にはすんでくれそうにない雰囲気だった。

施術をつづけながら、

「とりあえず、先を聞かせてもらえますか？」

とうながすと、Hさんは、うん、とうなずいてつづけた。

結局、浴場についたHさんとお母さんは、せっかくの温泉なのだから、と気持ちをきりかえて楽しむことにした。廊下でのことは気になったが、さいわい打ったお母さんの腰もたいしたことはなさそうだったので、Hさんも忘れることにした。なにしろ温泉なんだし、お湯

につかっているうち痛みも取れるだろう。そう思って、お母さんを〝ひっぱった誰か〟につ
いても、ことさら蒸し返さなかったという。
浴場はさほど大きくない、予約制の家族風呂を手配してあった。
脱衣所で浴衣をぬぎ、洗い場に入る。
旦那さんは広い大浴場のほうを選んだので、家族風呂はHさんとお母さんふたりきりの、
親子水入らずだった。
Hさんは手ばやく体を洗うと、湯船でゆったりと手足を伸ばした。お母さんはまだ、洗い
場でじっくりと旅の垢を落としていて、道中のことや、湯あがりの夕餉《ゆうげ》のごちそうのことな
ど、背中越しに楽しくおしゃべりをした。
気がつくと、窓のそとにはすっかり夜のとばりが落ちている。
その闇がミラーの効果になって、湯船でくつろぐHさんと、洗い場のお母さんの背中が窓
ガラスに映り込んでいる。そして、
「いたの、男の子が。お母さんのすぐ横に」
ぎょっとしたHさんは、すぐにお母さんをふり返った。
だがそこには、やはり体を洗っているお母さんの背中があるだけだった。
「どうしたの、なにかあった？」

「いや、いま、お母さんの隣に、小さな男の子いたよね？ つんつるてんの着物を着た、時代劇の子役みたいな」

「いるわけないじゃない、目の錯覚でしょ」

かるくうけながすお母さんをおどかすのもよくないと思い、Hさんも、そうだね、長旅で疲れたのかな、と半笑いで返す。

けれど、目の錯覚というには、その一瞬の光景はあまりにも鮮明だったという。ひょっとすると、お母さんを〝ひっぱった誰か〟はこの子では？ そんな気がして、Hさんはそのあとの旅行を心から楽しむことはできなかったそうだ。

「ちょっと気になりますね。……座敷童子でも、拾ってきちゃったのかな？」

私が言うと、だったらいいんだけど、とHさん。

旅の最中もふいに、お母さんが〝ひっぱられる〟ことはなん度かあり、もしもこんなことがつづいて、お母さんの身に万が一のことがあったら、と思うと、こうしている間も気が気ではないとHさんはため息をつく。

「先生、そういう相談もうけてるんだよね？ 一度、お母さんも診てもらえる？」

「ええ、もちろん」

患者さんのピンチなら、私もだまっているわけにはいかない。

後日、院につれてきてもらったお母さんを視てみると、Hさんの証言通り、右腰のあたりにつかまる幼児サイズの影が確認できた。

えねいとの結び目を断ち切って引っぺがしてやると、影はお母さんを離れて、元気に院のなかを駆けまわり始める。それからはお母さんが〝ひっぱられる〟現象はおさまり、予測外の場所でころぶこともなくなった、ということだった。

それが座敷童子だったかどうかは、いまだにわからない。

ただ、幼児の影が居座った数日間、私の院はなぜか一般整体の予約が殺到し、大繁盛したことを最後につけくわえておく。

Chapter 02

承のカルテ

あ、消えた

石の上にも、六年。という格言が、医療類似業にはある。

院についた患者さんは、だいたい二年おきに入れかわり、地域の施術院をぐるぐると回遊魚のようにわたりあるく。その入れかわりが三回あると、おおむね一周して最初の患者さんが自分の院にもどってくる。これでワンセット。あとは同様のサイクルがくり返されるので、開業して六年目までしのげば、院の経営は軌道にのって安定する。という、石の上にも三年、をもじった業界特有のことわざだ。

もちろん、施術家と患者さんの相性はあるから、ひとつの院にこだわって通いつづけてくれるひとたちもいる。私の院も、そういう一部のお得意さん方をのぞき、ごたぶんに漏れず患者名簿の名前は定期的に入れかわっていた。

「父の腰痛を診て欲しいんですけど、出張整体ってお願いできますか?」

嫁いだ娘さんからの電話で施術を引きうけたKさんも、なん度目かの入れかわりの時期に名簿入りした、ご新規の患者さんだった。

「いいですよ、お父さんのお住まいは？」

「はい、そちらの整体院の、すぐ近くだと思うんですが」

聞き取りながらメモした番地は、たしかに私も憶えがあった。

駅をまたいでみっつよっつ通りをへだてたその地区は、団地群のはざまにあるエアスポットのような一角で、ビラ配りでなん度か足を延ばしたこともある、小さなショッピングプラザを擁した古い住宅街のはずだ。

娘さんによれば、すでにお母さんは他界しており、ひとり暮らしで持てあましぎみの都内の家を手放したKさんは、手ごろな中古住宅を購入して、旧住宅街、と地元では呼ばれているくだんの土地にうつり住んだのだという。

わざわざ出張整体を依頼してきたのは、独居老人となった父親の安否を定期的に確認してもらおう、という娘さんの思惑もあってだろう。

「了解しました、お任せください」

おおよその事情は察して、指定された日時を復唱してから受話器を置く。

このとき私は、除霊整体だけでなく一般整体も波にのって、ご機嫌だった。まさかそれが、あとあとまで悔いを残す、印象深い一件になるとも気づかずに……。

「そういえば、このあたりにくるのはひさしぶりだな」

予約当日の昼さがり、その日は天気がよかったこともあって、散歩がてらはやめに院を出た私は、ショッピングプラザのまえに立っていた。

サーカステントを模した、寂れたテラスハウス式の集合店舗は、住宅地への間口のようになっていて、迂回もできたが通り抜けもできる。かつては買い物客でにぎわったらしい施設内も、いまはシャッターを閉めた店がめだって、閑散としていた。そんな朽ちかけた趣きも、私はなんとなく気に入っていた。

「じゃあ、のんびり行くとしますか」

屋根がわりの天幕からさす斜光に目を細めながら、廃屋じみた二階建てのテラスをぐるりと見わたしてみる。職業がら院にこもりがちな私にとって、出張整体のこのひとときは、ちょうどいいストレス発散にもなっていた。

中央広場をつっきって、旧住宅街につながる通用口へ。

ショッピングプラザを抜けると、目のまえの景色ががらりとかわる。

年季の入った、木とモルタルの家々。流行おくれになったデザインの、こぢんまりとした低層のマンション。運よく再開発をのがれた昭和ふうの軒並みは、旧、と呼ばれるだけあって、高層団地が居ならぶ見慣れた駅まわりとちがい、過去のこの街の姿をぎゅっと押し込めたような、どこかノスタルジックな風情をかもし出していた。

当然、区画整理もままならない入り組んだ構造は、なじみのないものにはわかりづらく、スマホのナビをたよりに迷路のような路地をさまよっていると、奥まった袋小路のどん詰まりに、目的のKさん宅はあった。

——ちょっとした探検気分だな、これは。

思いがけず手こずった道中に苦笑して、門柱に設置された呼び鈴を押す。

しばらく待つと、はぁい、としわがれた返事があって、簡素な鉄製の門扉の鼻先にある玄関ドアが音を立てて開いた。

「ああ、娘が言ってた、整体師さんですか？」

「ええ、よろしくお願いします」

ドアからひょいと顔を覗かせたKさんは、物静かな感じの初老の紳士だった。おちついた身なりにも風格があり、言ってはなんだが、こんな場末の質素なあばら家にはふつりあいな、品のいい佇まいがある。

そんな私の困惑が顔に出ていたのか、Kさんは柔和にほほえんだ。

「まあ、つつましい〝終の住処〟ですが、どうぞ」

「いえ、そういう意味なわけじゃ……」

へどもどしながら玄関に入ると、家のなかはさらに侘びていた。

せまい板張りの廊下の右手には、トイレとふろ場があり、左手には安普請《やすぶしん》なふすまがならんでいて、ふた間つづきの和室になっているように見うけられた。つきあたりはおそらく、台所にでもなっているのだろう。

Jホラーの舞台にでもなりそうな、かつての典型的な小家族向け住宅。

忌憚なく言えば、それがKさん宅の印象だった。そこかしこにただようくすんだ空気につられて、ふと子供時代の思い出がよみがえる。

――そういや、むかしはこんな家ばっかりだったなぁ。

実際、私の遠い記憶のなかにある生家も、こんな感じだった。ドアを閉めれば、身動きすらままならない極小トイレ。ひざを抱えた体育座りで入るのがやっとの、ステンレスとタイルのふろ場。湿り気をふくんだ、ほこりっぽいにおい。ただ、ひとつだけ我が家とちがったのは、Kさん宅はあがり框《かまち》の右手から細い階段が伸びていて、どうやらその先は、子供部屋かなにかになっているようだった。

「二階も、あるみたいですね」

なんの気なしに尋ねてみると、あぁ、と思い出したようにKさんはつぶやいた。

「腰も悪いですし、そっちはつかってません。物置がわりにしてます」

「なるほど」

どこか郷愁を誘う、家の雰囲気のせいだろうか？　私は玄関のすみを借りて荷物をおろしたまま、しばらくその場でKさんと立ち話を楽しんだ。Kさんは気さくなひとがらで、初対面ながら私ともウマが合った。

気がつくと、十分、二十分くらいは経っていただろうか。

「あ、すみません、すっかり話し込んじゃって」

あわてて着替えを始めた私が、白衣にうつしかえようと、上着のポケットから師匠の守り石をつまみ出すと、

「おや、それは、お守りですかな？」

と、Kさんが反応する。

「これですか？　まあ、そんなところ、ですかね」

私は営業スマイルではない、心からの無邪気な笑みで答えると、守り石を握り込んで、とんとん、とひたいに打ちつけてみせた。一般整体の患者さんに除霊整体のことを話す必要もなかったが、このとき私は、どこかはしゃいでしまって、父親に特技を自慢する悪ガキのような心境になっていた。

Kさんは、ほう、とつぶやくと、興味深げにそんな私を見守った。

「それで、家のなかに、なにか見えましたか？」

「いえ、なにも。安心していいですよ」

確信を持って答えて、Kさんに施術用の布団の準備をお願いする。

Kさんはこころよくうなずいて、ふすまの向こうへ消えてゆく。

――うん、なかなかいいながれじゃないか。

ぬいだ上着をたたみながら、私は得意げになっていた。どうやらKさんにも気に入られたようだし、これできっと、定期的に娘さんから予約の電話が入るだろう。生臭い話にはなるが、院の経営者としてはありがたいことだ。それになにより、まるでタイプこそちがうが、Kさんと話すのは、疎遠になった実家の父を思い出して気持ちがはずんだ。あとは施術をこなし、安否報告もかねて娘さんに連絡を入れる。

それで無事に仕事は終了、のはずだったのだが……。

「だ、誰だ、おまえは！」

ふいにひびきわたったKさんの大声が、家のなかの静寂を破った。

とっさのことで、一瞬、首をすくめたが、あきらかな緊急性を感じて、私は声がしたほうへ身を翻す。Kさんの声は、ふたつならんだふすまの手まえ側、おそらく寝間としてつかわれているであろう、和室から聞こえたはずだ。

「どうしました、Kさん、なにかありましたか!」

叫びながら、思い切りふすまを引き開けた。

ふすまの向こうはやはり寝間だったようで、投げ出された布団の横で、Kさんは尻もちをついてへたり込んでいた。まっ青な顔で私を見あげると、ぱくぱくとくちを動かし、震える指で間つづきの居間をさしながら訴える。

「あ、あの男が、いきなり部屋のなかに……」

「——え?」

だが、私は居間をふり向いたまま、茫然と立ちつくした。

すぐに指先を追ったはずの私の目には、男どころか、誰の姿も映らなかったからだ。

一枚板で仕上げた、立派な座卓。片すみに置かれた、三段づみのカラーボックス。家具類もすくない室内には、ひとが身を隠せそうな場所もない。電源の落ちた大きなテレビの画面に、私とKさんの姿が映り込んでいるだけだ。

「いや、Kさん、あの男って」

「ほら、いるでしょ! スーツ姿で、うす気味悪い半笑いの!」

「そう言われても、なんにも……」

言いかけたそのときだった。急に目を見開いたKさんの指が、なにかを追って上に向かい、天井あたりでぴたりと止まる。

「あ、あぁぁあぁ……あ、消えた」

……消えた、って、半笑いの男が天井にか？

Kさんがつぶやき終わるのと、私が守り石を握り込んだのは、ほぼ同時だった。白衣のポケットから引き出した拳を自分のひたいに打ちつけ、Kさんが指さしている天井のあたりにじっと目を凝らしてみる。

それでもやはり、私にはなにも確認できなかった。

「Kさん、やっぱりおれにはなにも……」

「そんなはずはない、私はちゃんと見たんだ！」

「でも――」

くちごもって、私ははっとした。

それこそなにかにとり憑かれたように、Kさんの態度が豹変している。

さっきまでの紳士的な雰囲気とはうってかわりいらだちもあらわに目を血走らせ、感情むき出しの視線でKさんはこちらをにらみつけていた。たいがいのことには慣れてきた私でも、その目にはぞっとしたほどだった。

――ひょっとすると、こりゃあ……。

瞬間、べっとりと不吉な連想が、私の脳裏にへばりついてきた。

ぞわぞわと背すじを這いのぼってくる嫌な予感に耐えながら、私はKさんを助け起こし、探索の了承をもとめた。

「ちょっと、二階の様子を見てきていいですか?」

「ええ、もちろんです!」

Kさんは息まくと、私につづこうとした。

それを押し止めて、私はふすまを開け放ったまま、ふたたびひとりで廊下に出る。

「あぶないですから、Kさんはここにいてください」

「でも、警察に……!」

「大丈夫、それもおれがやっておきますよ」

つとめて明るく答えて、玄関まで折り返して二階に向かう階段へ。

——ギシ、ギシ、ギシ。

一歩ごとに不穏な音を立てる階段を踏みしめながら、私の脳内ではめまぐるしく状況の整理が行われていた。すくなくともこの家に足を踏み入れてから、Kさん以外の人間はおろか、憑き物の気配すら感じ取れなかったはずだ。

それに、いきなり豹変したKさんの挙動はいったい……。

階段をのぼりきると、左手には洋間らしきドアがふたつならんでいた。ここからの判断は、いっさいミスがゆるされない。私はKさんが指さした先――ちょうど居間の上にあたる手前側の部屋に狙いをつけて、ドアノブに手をかけた。

……きぃ。

かすかに軋《きし》んだ音を立てて、合板製のフラッシュドアが開く。

守り石を握り込み、慎重に室内の気配を探る。

だが、半笑いの男どころか、雑霊のえねいとすらみじんも感じない。窓からさす陽光にほんのり照らされたそこは、Kさんの言う通り、ただの物置部屋のようだった。つかい古された三面鏡に、桐たんす。荷解きされた様子すらない、やまづみのダンボール箱。おそらくすべて、奥さんの遺品かなにかなのだろう。

念には念を入れて隣の部屋も調べてみたが、状況は似たりよったりだった。

――ということは、やはり。

「心配いりません、もう誰もいませんでした。Kさんの声におどろいて、どっかに逃げちゃったんじゃないのかな？」

一階の寝間にもどると、にこやかに報告をすませた。

Kさんはしばらく取り乱していたが、根気よく説得をつづけていると、聞きわけのいい子供のようにけろっと納得して、予定通り腰痛の施術をうけてくれた。その様子を見て、私の脳裏にこびりついていた嫌な予感は、ついに確信じみたものにかわる。

「じゃあ、またなにかあったら連絡してください」

「ええ、そのときは、またお願いします」

施術が終わるころにはすっかり、Kさんはもとの物静かな紳士にもどっていた。

Kさん宅を出ると、私はすぐスマホから娘さんに電話をかけ、Kさんの専門病院への受診を提案した。後日あらためて連絡をもらったところによれば、案の定、Kさんには初期の認知症の兆候が確認され、施設への入所が決まったそうだ。

「そうですか、その、お大事に」

娘さんからの電話を切って、私は小さくため息をついた。

認知症、というと、物忘れや幼児退行の印象が強いかもしれないが、アルツハイマー型やレビー小体型などタイプはさまざまで、初期症状もいろいろ存在する。

いもしない誰かが家のなかにいる、という幻覚や、思考がオンのときとオフのときの落差がはげしい、というKさんの症状は、私が知るかぎりの知識で言えば、レビー小体型認知症の症状と合致していた。

――せっかく仲よくなれたのに、ちょっと残念だな。

商売のことは抜きにしても、それが私の素直な感情だった。が、Kさんの病魔の進行をおくらせる手伝いはまちがいなくできたし、たとえ虚の霊障であっても、ひと助けができたことに満足して誇らしくも思っていた。

数週間後、偶然、あるうわさを耳にするまでは。

「そういえば、旧住宅街の首吊り屋敷、なくなっちゃったわねぇ」

ある日の施術中、世間話で突然ふってきたのは、開業時からのお得意さんで生まれも育ちもこの街だという、うわさ好きのお婆ちゃんだった。ふいに飛び込んできた耳慣れない名称に、私は思わず施術の手を止めて聞き返す。

「首吊り屋敷、ですか……？」

「そう、ああ、先生はまだそんなに長くないから、知らなかったかしら？」

もちろん、そんな不吉な名前を聞くのは初めてだった。

ただ、無性に胸騒ぎがして、私が訪ねたことのある唯一の旧住宅街の家――Kさんが住んでいた、あの一軒家の場所を告げてみる。

「そうそう、そこ！　なんだ、知ってるじゃない」

「まあ、場所だけはたまたま、くわしいことはなにも……」

幸か不幸か、私の予感は的中していた。

お婆ちゃんの話によれば、その家ではむかし、一家心中があったのだそうだ。

バブルがはじけたころというから、おそらくは九十年代の後半。事業に失敗した中年男が、家族を道連れに命を絶ったらしい。

「それが、無理心中ってやつでね。二階で寝てる小学生のひとり娘と奥さんを絞め殺して、自分も首吊っちゃったのよ。……居間の鴨居にロープかけて」

以来、その家は、首吊り屋敷、と呼ばれて界隈で忌避されていたそうだ。ところが、バブル崩壊のどさくさで持ち主も転々とし、やがて駅を中心に地域の再開発も始まり、古い住人たちも家屋を売ってどんどん土地を離れていった。いまでは一家心中があったことさえ、知っているものはすくないという。

「それで、その家で、その……心霊現象が起きた、なんて話は？」

「あはは、あるわけないじゃない、そんなもん！」

たしかに、それはそうだろう。

事故物件だからといって、かならずしもなにかが起きるわけではない。

それでも私は、考えれば考えるほどわきあがるもやもやを、必死に押さえ込んでいた。

――居間、そして、二階の子供部屋。

まるでパズルのピースのように符合する事実に、もしかしてKさんが見たと言った半笑いの男は、と妄想がふくらんで、首すじの肌が粟立つのがわかった。

……やめよう、これ以上考えるのは。

私はそう決心して、そっと記憶にふたをする。

Kさんの認知症の兆候は、まぎれもない事実だった。

それに、過去にあの家で、心霊現象はなかったというではないか。

でも、もし、なにかのきっかけで、家にきざまれていた死者の記憶……えねいとが、呼び起されてしまったのだとしたら？　そのきっかけというのが、調子にのった私が自慢げにKさんに披露した、除霊整体ごっこだったとしたら？

可能性は、十分にあるだろう。だとしても、真実を知っているのは、最後の家の主となったKさんだけにちがいない。

「つぎに会ったときは、教えてくれますか？　Kさん」

取りこわされて更地になった、首吊り屋敷あとをながめながら、私はぽつりとつぶやいた。

無駄だとは知りながらもその日のために、私の院の患者名簿には、Kさんの名前がずっと消さずに残してあった。

仏壇掃除

前年の暮れにお父さんを亡くし、お母さんとも音信不通の男性患者・Wさんは、四〇代の気ままな独身生活を謳歌しているそうだ。

そんなWさんがある日、血相をかえて朝一で来院し、

「親父に祟られたかもしれない、除霊整体で診てくれないか？」

と相談してきた。

「まあまあ、おちついて。霊障なんて、そう簡単には起こりませんよ」

「ちがうんだ、先生、今度のは本物っぽいんだ！」

苦笑いで応対する私に、身をのり出して抗議するWさん。

わりと信心深い、というか感受性のゆたかなWさんは、過去にもなん度かおなじように私の院に飛び込んできたことがある。

といっても、そのすべてが思い込みで、

「最近、運気が落ちた。ご先祖さまの因縁じゃないか？」

「家のなかで、ひとの気配がする。浮遊霊でも入り込んだんじゃないか?」

などなど、テレビのスピリチュアルバラエティーに感化された虚の霊障を、私がなだめて説得するのが、お決まりのパターンになっていた。

時節もいい具合に、夏のさかりをすぎたお盆まっただなか。またCS放送や動画配信サービスの心霊特集を見たWさんが、持病の慢性肩こりを霊障だと言っている可能性は高い。だが、いつもどおりカウンセリングを始めると、

「そうじゃない、今回は、ちゃんと心霊現象だってあったんだよ!」

めずらしく、Wさんは頑としてゆずらなかった。

さすがに尋常ならざる気配を感じた私は、

「たしかに、おだやかじゃないですね……わかりました、とりあえず視てみますか」

と、Wさんを施術台にうながす。

「それで、いまはどこがどんなふうに?」

「頭が、とにかく、頭がわれるように痛いんだよ」

「……ふむ」

苦しげなWさんの返答に、まずは首まわりの触診から開始する。施術しながら聞いた話によれば、心霊現象にみまわれたのは昨晩の遅く。ちょうどお父さんの初盆を迎えたWさんが、

思い立って仏壇の掃除をしていたときのことだそうだ。

「へぇ、感心ですね。それなら祟られるどころか、感謝されるくらいなんじゃ？」

「いや、本題はここからなんだ」

ばつが悪そうにくちごもるWさんは、ぽつぽつと告白をつづける。

私は守り石を握ってひたいに打ちつけると、そんなWさんの首から後頭部にかけてを、じっくりと観察する。

「うちの親父はね、基本、きっぷのいい親分肌で頼れるひとだったんだよ」

うつむき加減のWさんいわく、

「……ただし、酒さえ飲まなかったら」

ということらしい。

酒乱、というほどではなかったが、お父さんには酒が入るとひとを茶化す悪癖があった。それが原因の酒場のケンカもしばしばで、そのたび警察のごやっかいになって、いつもWさんのお母さんは泣きながらお父さんを迎えに行っていたようだ。実際、Wさんが中学のとき、置き手紙ひとつでお母さんが家を出て行ったのも、それが理由だった。Wさん自身、酒が絡んだお父さんの記憶にはろくなものがないという。

「親父の遺影を見てたらさ、なんかそんなことばかり思い出しちゃって」

そこでWさんのなかに、ちょっとした悪戯心が生まれた。

仏壇掃除が終わるとすぐさまコンビニまで出かけ、ふだんはめったにくちにしないカップ酒ひとつと、ペットボトルのミネラルウォーターを購入して帰宅する。カップ酒は、晩年は反省して酒量を減らしていたお父さんが、たまの楽しみとして晩酌に一杯だけ飲んでいた、お気に入りの銘柄をわざわざ選んだそうだ。

そして、ミネラルウォーターのペットボトルを仏壇に供えると、

「ま、それでも飲んで、あの世で頭をひやしなよ」

冗談めかして声をかけてから、自分は飲み慣れないカップ酒を、お父さんの位牌に見せびらかすように呷《あお》った。

「こんなもん、どこがうまいのかねぇ……」

うへぇ、とわざとらしく顔をしかめながら、これみよがしにつぶやいてみる。

「言っても、とくに親父と仲が悪かったわけじゃないし、むしろ俺をほっぽり出して消えちまったお袋よりも、よっぽど感謝してる。だからさ、ほんの出来心っていうか、悪ふざけのつもりだったんだ。でも——」

どうやらそれは、お父さんのご機嫌を著しく損ねてしまったらしい。

カタリ、とかすかにお父さんの位牌が動いたつぎの瞬間、ベコベコと歪《いびつ》な音を立てて、仏

壇のペットボトルがひとりでにねじれ始めた。あぜんとして目を見開くWさんのまえで、限界まで圧縮されたミネラルウォーターは、

——パン！

と破裂して中身をぶちまけ、あたりを水びたしにする。

「うおっ、なにごとだ！」

わけもわからずおろおろとWさんが見あげると、ミネラルウォーターは天井にまで飛び散っていた。しかも天板を濡らした水あとは、とぎれとぎれの文字のようにも見えた。まるでミミズでも這ったようにのたくったその文字は、

「これじゃない」

というふうにも読めたという。

「やめてくれ、親父、あやまるから勘弁してくれ！」

思わず叫んだWさんは、そのまま寝室に駆け込んで布団をかぶった。

しかし、ぞっとしながら眠れぬ夜をすごしていると、今度は夜が明けるにつれ、ガンガンとわれるような頭痛が襲ってきたのだという。

「あはは、そりゃ災難でしたね」

頸椎《けいつい》を矯正して、えねいとの結び目を断ち切ると、

「笑いごとじゃないよ！」

頭痛の止んだWさんは、頭をふりながらへそを曲げたように返してくる。

けれど私のその言葉はWさんというより、むしろ施術台の枕もとに憮然として立っている、Wさんのお父さんらしき影に向かってかけたものだった。死にわかれてもコントのような親子ゲンカができるなんて、それはそれで素敵な関係じゃないか。

だから——。

「たぶんこの頭痛、二日酔いですね。慣れないお酒なんか飲むから、酔っぱらってなにかを見まちがえたんでしょう。これからもお父さんを大切に」

そういうことにしておいた。

その回答に納得がいったのかいかなかったのか、Wさんは帰り際までぶつぶつと苦言をていしていたが、いまでも夏の終わりが近づくと、私はこの日の施術を思い出して、すこしだけほほえましい気分になる。

ずりぐちさん

「ずりぐちさんが、ついてくるんです」

その夜、来院するなりそう告げてきたのは、女子大生の初見患者・Oちゃんだった。いきなりそれだけでは状況も理解できず、

「……ずりぐちさん？」

と聞き返す私に、

「うわさです、わたしのマンションの近所でながれてる」

と、Oちゃんは半ベソになりながら答える。

「って言われても、どのへんのことかよくわからないしなぁ」

「えっと、わたしが通ってる大学の……」

「ああ、あの自然公園がある？」

よほど切羽つまっているのか、要領を得ない順序で教えてくれた地名は、私も開業地の候補にしたことがある、ひとむかしまえのニュータウンだった。そこそこに知られた音楽大学

の第二キャンパスもあって、ひとり暮らしの大学生も多かったはずだ。

　ということは、この子もそこの学生さんか？

　まだ子供っぽさが残った素朴な雰囲気からすると、地方から出てきた新一年生というところだろうが、なんにせよ、このままではいっこうに話がすすまない。とりあえず応接ソファーに座らせ、来客用のお茶を出してひと息つかせると、Ｏちゃんはようやくおちつきを取りもどして、たどたどしく症状を伝えてくれた。

「ようするに、都市伝説のおばけにとり憑かれて、体調をくずした……と？」

「おばけ、っていうか、ずりぐちさんは実体のある怨霊なんです」

　――実体がないから、怨霊っていうんじゃないのか？

　思わずそんなツッコミを入れそうになったが、Ｏちゃんの表情はいたって真剣だった。どうやら、からかわれたわけでもないらしい。

「にしても、都市伝説、ってのはなぁ……」

　私は院長机のすみに放置してあったマグカップを手に取り、冷めきったコーヒーをひとくちすする。くり返しになるが、私や師匠の除霊整体でいう憑き物とは、動物にしろ人間にしろ、かつては生のあった死者のえねいとを、磁場が記憶したものだ。まるきりの創作物である、おばけだの妖怪だのに、えねいとが存在するとは考えにくい。

「それで、実際に見たことはあるの？　ええっと……その、ずりぐちさん」

「もちろんです」

「じゃあまず、そのうわさ話、ってのを聞かせてもらおうかな」

切り出すと、Oちゃんは無言でうなずいて語り始めた。

この春、大学進学を機に初めてのひとり暮らしを始めたOちゃんは、最近になっておなじマンションに住む先輩から、ずりぐちさん、というご近所の怖い話——つまり、地域限定の怪談のようなものを聞いたそうだ。

それはこんなうわさ話だった。

住宅とマンションが入り乱れる、典型的なベッドタウンであるその地域には、なんでも数十年前に殺人事件があった、事故物件の中古住宅がひっそり佇んでいるという。

どの家がそうなのかは、不良物件として引き取った役所と不動産会社が巧みに隠蔽工作をしたので、現在の住民たちではわからないらしい。

ちなみに事件当時、その家の住人はヤマグチさんというご夫婦だったそうで、ある日ちょっとした夫婦ゲンカのいきおいで、旦那さんが奥さんを殺害してしまった。

死体の処理に困った旦那さんは、奥さんをバラバラに切断して、車で山中に運んでバラまいてしまったのだという。以来、奥さんは夜な夜な地面を這いずりながら、なつかしい我が家に帰ってこようとしている。

解体された、バラバラのパーツのままで……。

「這いずるヤマグチさんだから、ずりぐちさん、ね――」

「……はい」

聞き終えたところで、私はリアクションに困って小さくうなった。

どこをどう聞いてもこの話、やはり在校生が新入生歓迎の意を込めて創作した、学校の怪談の変化球にしか思えなかったからだ。

顔面蒼白で、カタカタ小きざみに震えてまでいるOちゃんにはもうしわけないが、かつて私が通っていた学校にも、よく似た話が伝わっていた。そもそも、役所と不動産会社が結託して、とか、現在では所在がわからない、とか、まさにこの手の怪談話でつかいまわされている、お約束の常套句ではないか。

そう考えれば、実体のある怨霊、という矛盾した造形にも合点がいった。

ところが、震えの止まらない自分の肩をかき抱くと、Oちゃんはなにかを幻視するように焦点のずれた目でつづける。

「それからすぐあとです、大学の帰り道であれに遭遇したのは」

「あれ、って……ずりぐちさんに、ってこと?」

「それ以外、なにがいるんですか！　わたしだって、最初は見まちがいだと思いました！　でも毎晩ついてくるんです！　体もあちこち、切りきざまれたみたいに痛くなるし、きのうなんてマンションの部屋のなかにまで……！」

声を荒げるOちゃんは、かるいパニック状態に陥っていた。

唐突にソファーを立ちあがると、窓際まであとずさり、私の背後を指さしながら恐怖で顔を引きつらせる。

「ほら、いまだって、そこに手首と足首がッ！」

……なるほど、ね。

それでピンときた私は、へたり込んで泣きじゃくるOちゃんを抱えあげ、そのまま施術台まで運んであお向けに寝かせた。すがりついてくる華奢な背中をぽんぽんと叩くと、言い聞かせるように力強く声をかける。

「大丈夫、もう大丈夫だから、しっかりして」

「……本当に？」

「うん、本当の本当に」

にっこり笑ってうなずいてみせると、しゃくりあげるOちゃんの両腕から、すっと力が抜けて私から離れた。そのすきに、守り石を握り込んで目を凝らす。Oちゃんの全身には、なにがしかの念がツタのように絡みついていた。

——おそらくこれが、ずりぐちさんの正体だろう。

「ごめんね、ちょっと調べさせてもらうよ」

ひとこと断りを入れてOちゃんの手を握り、えねぃとを同調させる。

まずながれ込んできたのは、ひと気のないまっくらな住宅街の路地と、ぽつぽつと点在する心もとない街灯のあかり。

そしてそのあかりの向こうから、ずり、っとにじりよってくる、女の右手首。

つぎに見えた映像は、大学のキャンパスだろうか？　夕闇のせまった音楽教室のピアノの下から、ずりずりと横倒しの足首が這い出してくる。

頭、腰、胸、ときには内臓……電車とホームのすき間からクローゼットの片すみまで、ありとあらゆる暗がりの向こうから、べっとりと赤黒い血のあとを引きずって、切りきざまれた女のパーツはこちらに忍びよってくる。

「……そっか、こりゃ怖かったね」

そっとつぶやくと、Oちゃんはぽろぽろと涙をながしてうなずいた。

PTSD。心的外傷後ストレス障害。

強烈なショック体験と精神性ストレスが引き金になり、体験者の心に消えないダメージと傷あとをきざみつける、最近では一般の認知度もあがってきたこの心因性の恐怖症が、Oちゃんを苦しめていた症状の正体だった。

さらに言えば、Oちゃんにうわさ話をした先輩は、よほど怪談の名手だったのだろう。そのとき感じた恐怖がトラウマになって、Oちゃんは〝自分自身のえねいと〟から、本物のずりぐちさんを作り出してしまった。全身に絡んで締めつけていたツタのような念も、心の傷が生んだ、Oちゃん自身のイメージというわけだ。いわば、虚から派生した実の霊障、とでもいうべきレアケースといっていい。

――こういうことも、あるんだなぁ。

実際、理屈の上では成立しても、私も初めて出会う症例だった。この場合、処置すべき念が患者さん自身の生体エネルギーなのだから、うかつに切り離すわけにもいかない。物理療法で肉体の苦痛を軽減し、あとはカウンセリング……というより、逆暗示をかけて、負のイメージを取っ払うのが最善策だと思われた。

まずはイメージに直結している手首から肩、つづけて胸椎へ。

腰椎と骨盤のポジションを整えたら、仕上げに足首と頸椎《けいつい》の調整を。

念に締めあげられてゆがみ切った全身の骨格をすべて矯正し終えると、Oちゃんが涙をぬぐいながら、おずおずと尋ねてきた。

「……これでもう、ずりぐちさんはきませんか？」

「もちろん。ちゃんと引っぺがして、帰ってもらったからね」

自信を持って答えると、すっと全身をおおっていたツタの念が消える。これできっと、Oちゃんをなやませた幻視もおさまるはずだ。施術家としては興味深いケースではあったものの、やはりうわさ話はうわさ話のままのほうがいい。

ひょっとすると都市伝説の目撃談なんて、案外これが真相なのかもな。

にっこり笑って去ってゆくOちゃんの背中を見送りながら、私はぼんやりとそんな妄想をふくらませていた。

くら公園

私が常連の男性患者・Bさんの様子を変だと思い始めたのは、

「……先生、くら公園って知ってますか？」

と、施術後の世間話で、唐突にBさんが尋ねてきたときからだった。

「くら公園、ですか？」

「そう、くら公園」

施術料をうけ取りながら聞き返すと、Bさんは声をはずませながら答える。

Bさんは、ふだんから院の経営をささえてくれている一般整体の患者さんのひとりで、趣味は自慢のデジカメによる風景写真の撮影だ。それを自分のSNSアカウントで公開して、おなじ趣味の面々と交流したりもしていた。

——さては、またそのあたりでなにか情報でも仕入れたな。

そう思い、

「もしかして、新しい撮影スポット、とか？」

とふってみると、

「おしい！　でも先生、するどい！」

と、妙に思わせぶりな反応が返ってくる。もっとも、すこしオタク気質なBさんは、もともとそういう芝居がかったしゃべり方をするところがあって、私も苦笑いしながらつぎの言葉を待った。ところが、もったいつけた溜めのあとに飛び出した話のつづきには、不穏きわまりない単語がまじり込んでいた。

「撮影スポットっていうよりも、心霊スポットなのかな？　朝でも昼でも、いつ行ってもまっくらだから、くら公園。本当の名前はちがうらしいですけど、なんでもそこで写真を撮ると、かならず心霊写真になるみたいなんですよ！」

嬉々として語るBさんによれば、それは団地の多いこの地域に点在している公園のうちのどれかで、最近SNSでつながったばかりの写真仲間が教えてくれた、いわゆるネットの怖い話、というやつらしい。

「ね、先生、おもしろいでしょ！」

「いや、心霊写真って……」

私はこのとき、会話のはしばしに奇妙な違和感を覚えた。

一般整体の患者さんとはいえ、それなりにつきあいも長いBさんは、もちろん除霊整体師としての私の顔も知っている。

そんな私のまえで、心霊スポットうんぬん、などと言えば、当然、説教じみたリアクションを取られることくらい承知しているだろうし、だいいち、カメラにくわしいBさんなら、むしろ心霊写真など否定派のはずだろう。

かりに、例の軒先の板看板に反応したのだとしても、これまで一度としてその手の話に興味をしめさなかったBさんが、急に食いついてくるというのも不可解だ。

——なのに、なんでいまさら、怪談話なんだ?

そこがどうにも、引っかかった。

が、嫌な胸騒ぎがして詳細を確認しようとすると、大丈夫、大丈夫、と高らかに宣言して、Bさんは院を出てゆく。

「きっと特定してみせますよ、くら公園。おもしろい写真が撮れたら見せてあげますね!」

にこやかな笑顔を残して、鉄の格子ドアが閉まる。

私は言いしれない不安に駆られながら、その背中を見送った。

それからBさんは、二度ほど院に顔を出した。

月の一週目と三週目、泊りがけの撮影旅行でもないかぎり、土曜の昼間はリラクゼーションをかねて、全身矯正の予約を入れてくれるのがいつものペースだった。

「Bさん、最近、痩せました？」

うつぶせのBさんの、異様に浮きあがった肩甲骨を触診しながら、私は聞く。

「はい、ちょっとだけ」

「や、ちょっとってレベルじゃないでしょ、これ……」

おどろいて思わず言いつのると、

「このところ、探索であるきまわってるから」

Bさんは施術台に顔をふせたまま、あっけらかんと答える。

「探索、って、例の公園の？」

「そう、会社帰りにあっちこっち探してるんで、それで運動不足が解消されて、体重も落ちたんじゃないですかね」

「会社帰りって、それ、夜中じゃないですか」

いくら電車で一本とはいえ、都内の証券会社につとめるBさんが、仕事を終わらせて地元にたどりつけばいい時間になる。

——そこから毎日、せっせと公園を探してるってのか？

ひと気も絶えた夜の団地群の間を、カメラを片手にさまようスーツの男。

その様子を想像して、正直、私はぞっとした。それがまともな社会人の行動とは思いづらかったし、Bさんがそんな常識はずれなことをするひとにも見えなかったからだ。なにより、このやつれ方は尋常ではない。

だが、

「そんなことしてると、不審者として通報されちまいますよ」

「大丈夫ですよ、ちゃんとひと目につかないように注意してるし。それにこれは、カエル上人さんとの約束だから」

「……カエル上人、さん？」

「ええ、くら公園のこと教えてくれた、ネットの友人です」

そう言われては、私も強く言えなかった。

「なら仕方ないですけど、無茶なことは、ほどほどにしてくださいね」

前回と同様の胸騒ぎを覚えながら、私は施術を始めた。けれど、そのつかみどころのない不安は、さらに数日後に現実のものとなってしまう。

「ついに見つけましたよ、先生……」

幽鬼のように痩せ細ったBさんがつぎにあらわれたのは、ある金曜の夜だった。

ぎょっとした私が院長机で固まっていると、

「ほら、よく撮れてるでしょ？　苦労したんですよ、この写真……でも、本当にあったんだ、くら公園……カエルさんの、言った通りでした……ちゃんと約束通り、先生に一番初めに見せてあげますね……」

と、デジカメをさし出しながら、Bさんがふらふらと近づいてくる。

「Bさん、それって……」

「どうしたんですか、そんなおどろいた顔して？」

「いや、だって」

うわごとのように言って、カメラをつき出してくるBさん。

だが、そんなものは見なくても、それが心霊写真だと私にはすぐ理解できた。なぜなら自我をなくしたようにゆらめくBさんの背中には、カエルともサンショウウオともつかない、両生類を思わせる、巨大で不気味な影がとり憑いていたからだ。

「わかったから、Bさん、施術台へ！」

私は叫び、Bさんに駆けよる。

その鼻先に、ぬぅ、っとBさんの背中から両生類の顔が伸びてくる。

むわ、っと、生臭いどぶ泥のような呼気が、顔面をつつみ込んだ。しかし、ひるむわけにはいかない。もしここで引きさがれば、Bさんは確実にこいつに持っていかれる。思わず尻込みしそうになる体を踏み止まらせて、私はあぶら汗をながしながら、ありったけの気力をふり絞ってくちの端をつりあげた。

「……いま、引っぺがしてやるよ、バケモン」

あとはもう、無我夢中だった。

白衣のポケットの守り石を握り込んで、その拳を影の鼻っ面に叩きこむ。

——ブワッ。

手応えこそなかったが、バケモノの影が霧散した。そのすきにBさんを施術台に押したおし、いちかばちか除霊施術をこころみる。

胸椎、骨盤、腰椎、頸椎。順番もへったくれもない、手当たりしだいに力ずくで矯正した。えねいとをたぐってバケモノとの縁を断ち切ると、守り石で強化したあらんかぎりの気を送り込んで、目減りしたBさんの生命力を補充する。

ふだんなら絶対にやらない、強引な施術のしかただった。

長かったのか、短かったのか、かかった時間も憶えていない。全身全霊でどうにか処置を終えると、いつの間にかバケモノの気配はどこかへ消えていた。へとへとになった私は、精も根もつきてその場にへたり込む。院長机まで這ってすすむと、煙草に火をつけた。院内は禁煙だが、こんなときくらいかまわないだろう。

「あ、れ……？　どうしてぼく、こんなところに？」

しばらく待っていると、Bさんも無事に目を覚ました。

「よかった、気がついてくれて。もしかすると、ヌシだったのかもしれませんね、あいつ。くら公園の……」

が、きょとんとしたBさんは、

「えっと、なんですか？　くら公園って」

と答える。

確認してみるとおどろいたことに、Bさんの記憶からはバケモノのこともくら公園のことも、きれいさっぱり消えていた。どころか、ここひと月分くらいの記憶があやふやになって、よく思い出せなくなっているという。スマホでたしかめてもらっても、カエルなにがしとのやりとりは、すべてSNS上から消え失せてしまっていた。そもそもBさんには、そんなアカウントの友人がいた憶えもないそうだ。

デジカメの画像データも、不思議なことにすでに消去ずみだった。

「なんかよくわかりませんけど、ご迷惑おかけしました」

ぺこりと頭をさげて帰って行ったBさんとは、院をたたんでから疎遠になってしまったが、風のうわさでは、現在でも元気に趣味の写真撮影を楽しんでいるとのことだ。

結局、バケモノがなんだったのかはわからない。

ずりぐちさん、のように誰か、もしくは不特定多数のえねいとが生み落としたイメージの産物なのかもしれないし、ひょっとすると、まだまだ世のなかには、私には予想外の得体のしれない怪物がいるのかもしれない。とはいえ。

なんにせよ、こんな霊障があった以上、くら公園はいまもこの街のどこかに、ひっそりと存在しているのだろう。

ヌシの獲物となる、あわれな犠牲者を待ちかまえながら……。

はこのなか

これはあくまで私見だが、呪いにはちゃんとしたメカニズムがあって、アイテム単体ではそうそう儀式は成立しない。むしろ重要なのは、そこに付帯する物語、つまりいわれ因縁で、それを知った呪われる側がうける、不安や恐怖といったメンタルダメージや風評被害こそ、呪いの真実の部分といってもいい。

たとえば、日本でもっともメジャーな呪いの作法、丑の刻参りにしても——。

名前の書かれた藁人形が発見される。どこそこの誰々が呪われたとうわさが立つ。呪われたということは、誰々はひとの恨みを買う悪人らしい。そういえば、こんなうわさも……と、さらに尾ひれのついた悪評が蔓延する。

じつはこの二次サイクルこそが肝心で、風評被害を利用して、呪いの対象者を社会的に抹殺することが目的だった、と思われるふしもある。

だから、呪っているところを目撃されると、ひとを呪うなんて……、と術者のほうにも悪評がながれて共倒れになる。これが呪い返し。言葉がもっと直接的な呪力を持つようになった現代では、ちょうどネット上で横行している、無責任なつるしあげやタレント叩きが、最新の呪いの作法、といってもいいだろう。

だがまれに、真正の負の呪物、と呼ぶべきようなものも存在する。

この話は、そんな霊障アイテムにまつわるエピソードだ。


たまに院に遊びにくる中学生・Tくんが、妙なものを持ち込んできた。無造作に応接セットのガラステーブルの上へ置かれたそれは、七、八センチほどの古い桐箱で、くすんだ赤い組紐で厳重に封がされている。

「断捨離してたら、物置部屋からこんなん出てきた」

「断捨離、って、それただの大掃除だろ」

来客用のお茶を出しながらツッコむと、そうとも言う、とTくん。

Tくんは旧住宅街――かつて〝首吊り屋敷〟と呼ばれた、あのKさん宅があった地区の旧家の子で、ビラ配りの最中に知り合った少年だ。週も半ば、平日の日中から、ご近所でもうさん臭いと評判の不良整体師のところで油を売っていることでもわかるように、あえて理由は聞かなかったが、不登校の気があった。

その日は、母親の言いつけで家の掃除をしぶしぶ手伝っていたところ、変なものを見つけたから鑑定して欲しくて、院を訪ねてきたという。ちょうど予約が夜に集中していたこともあり、それに私がつき合った形だった。

「……で、なかにはなにが入ってるんだ、これ？」

「わかんない」

「なんだよそれ、無責任なやつだな」

冗談めかして言うと、Tくんは不満げにくちびるをとがらせる。

Tくんには以前、話のタネに、と気功鍛錬を見せたことがあり、そのとき守り石をつかってえねいとも読んでみせていた。それから彼は私のことを、オカルト鑑定士かなにかと認識しているふしがある。

「いいじゃん、いつもの、とんとん、ってやつでちょっと視てみてよ」

「べつにいいけど、あんまり気がすすまねぇなぁ」

私はコーヒーをすすり、手垢で黒ずんだ小箱に目を落とした。

もとは茶道具でも入っていたらしい木箱は、ところどころに奇妙なシミもあり、いまは一種異様な雰囲気をかもし出している。

「やっぱこれ、ネットとかである、呪いのアイテムとかなのかな？」

「おまえ、絶対、おもしろがってるだろ……」

「あ、バレた？」

目を輝かせるTくんを尻目に、私は小さくため息をつく。

というのも、くら公園のヌシと対峙したBさんの緊急施術からこっち、私の感覚は妙にするどくなり、守り石の力を借りなくても、気のスイッチが常時オンになった状態がつづいていたからだ。じつのところ、Tくんの相談にのった理由も、院に入ってきた瞬間から、箱の存在を感じ取っていたからというのもある。

――なぁんか、物騒な気配がするんだよなぁ。

強烈な憎悪と、怒りの念の塊。

むしろただの装置である、呪いのアイテム、などより、よほどタチの悪いものの予感が箱の中身にはあった。

中学生が気やすく持ちあるいていいものとは、とても思えない。

「なあ、本当に、これがなにか知らないのか？」

「う～ん、たぶん、死んだ爺ちゃんのコレクションかなにかだと思うけど」

「コレクション？」

聞き返すと、Tくんは記憶をたぐりたぐり答えた。

なんでも、数年まえに亡くなったTくんのお爺さんは大変な好事家《こうずか》で、ライフワークにしていた民俗学の研究で気になった品を見つけると、金に糸目をつけず手当たりしだいに買い漁ってしまう癖があったのだという。

しかもその大半は、第三者から見ればただのガラクタで、あやしげな古物商や研究仲間から入手したものも、そうとうな数におよんだらしい。

「あれさえなきゃ、うちは金持ちだったのにって、いつも母ちゃん嘆いてる」

街の開拓時に先祖伝来の土地を売ってできた財産も、結果として、その道楽のためにほとんどが消えてしまった。お爺さんの死後、コレクションは腹いせにゴミ同然で処分され、桐箱はそれをのがれた蒐集物のひとつではないか？　ということだった。

「……なるほどねぇ、それで断捨離、ってことか」

話を聞き終えて、私はうなずいた。

箱が不用品なら廃棄して、値打ちものなら売りはらってすこしでも換金したい。

そこをくち八丁でまるめ込んで、Tくんがうちに持ち込んだ。

ということだろう。

まるめ込まれたお母さんには恐縮だが、おかげでこのやっかいな代物にも見当がついた。

お爺さんはいんちき業者あたりにだまされて、いわくつきの危険物を、知らずに押しつけられてしまったにちがいない。

となれば、なおさらこんなものをTくんに持たせてはおけなかった。

——どうにか没収して、師匠にでも相談してみるか？

そんなことをつらつら考えながら、ガラステーブルの上に手を伸ばす。と、ちょん、と指先がかるく、箱のふたあたりに触れる。

「ものは相談だけど、この箱、しばらくあずかるわけにはは——」

言いかけた瞬間だった。

たれながしの私の気に反応して、箱にきざまれたえねいとが、逆流していっきにながれ込んでくる。むかしの遊郭の、女郎部屋のような場所。柱に縛られた、乱れた襦袢《じゅばん》姿の女。暴れまくるその足を押さえつけている、屈強な着物姿の男がふたり。

……箱が記憶した、残留思念、か、これ？

私はあわててえねいとを操作しようとするが、暴走した気のコントロールが効かない。

つぎに見えたのは、女の足もとに立つ、女将らしき老女の姿だった。

恐怖に顔を引きつらせる女を見おろす老女の手には、やっとこ——いまでいう、ペンチのような工具が握られている。

めり、べりべりべり、めき。

そんな音が聞こえてきそうな無惨な拷問と、身もだえながら絶叫して、さらに暴れまわる襦袢姿の女の映像。おそらく足抜けに失敗して、おしおきされている場面かなにか。女将は陰湿な笑みを浮かべ、女の足の爪を一枚一枚はがしていった。

――べちょり。

吐き気をもよおす不快な感触が、私の背すじを這いあがってくる。

一枚はがすたび、やっとこは血まみれの爪をはさんだまま、私……いや、私の視界にリンクする、箱の頭上へと移動する。

移動するたび、やっとこの先端から足の爪は消えていった。

つまり、この箱のなかに入っているのは……。

「先生、どうしたんだよ、先生！」

狼狽したTくんの叫び声で、はっとした私は現実世界に引きもどされた。

乱れた息で箱を持ちあげ、かるく左右にふってみる。がさがさと乾いた無数の音が、箱のなかから聞こえてきた。中身が予想通りのものだったとして、とても〝ひとり分〟とは思えない。ということは――。

「……すぐに捨てっちまえ、こんなもん」

「な、なんだよ急に……」

きょとんとするTくんには、あえて詳細は告げなかった。

因習。かつて幾度となく密室でくり返されたであろう、見せしめのための儀式。当然、当時には当時の倫理やルールがあり、現代の常識でその善悪をはかるほど私も馬鹿ではないが、世の中には子供が知らなくていいこともある。どのみち大人になれば、生きることの厳しさは嫌というほど思い知るのだから。

問答無用で約束させると、Tくんは不承不承ながらうなずいた。

「わかったよ、帰って、母ちゃんに相談してみるよ」

「いいか、あと、絶対に箱は開けるなよ！」

帰り際にそこだけしつこく念を押し、Tくんを送り出す。小箱にぎっしり詰まった、女の足の爪。そんなものが物置から出てきたと判明したら、蒐集したお爺さんの印象も、鑑定した私の評判も、またいちだんと悪くなってしまうのは想像にかたくない。

——まあでも、これで一件落着、ってとこかな。

私はほっと息をついて、夜の予約にそなえて施術の準備を始めた。が、その判断がまちがいだったと、すぐに後悔することになる。

「Tくんが、交通事故……？」

翌日、Tくんのお母さんからもらった電話で私は硬直した。

取るものも取りあえず病院に駆けつけると、両足をギプスで固定されたTくんが、ベッドの上で苦笑いしながら私を迎えてくれた。

「はは、やっちゃった。ごめんね、おどろかせて」

「やっちゃったって、おまえ」

絶句する私に、Tくんはとつとつと事故の経緯を語り始めた。事故が発生したのは前日の昼すぎ、私の院から自転車で帰る途中、抜け道の細い路地裏を走っていたTくんが、見通しの悪い交差点にさしかかったときのことだった。

進路のカーブミラーには、まだ車の影は映っていなかった。正面からも、対向車がくる気配はまったく感じない。これなら、このまますっきれる。そう判断したTくんの自転車が交差点に進入した瞬間、ふいに、

「……止まれ！」

と、頭のすぐうしろからかすれた声が聞こえた。

おどろいたTくんが思わず急ブレーキをかけたところに、横からスピード超過の自家用車がつっこんできて、

「そのまま、がっしゃーん！　って」

さいわい、Tくんの怪我は両足の骨折だけですんで、検査の結果、脳にも異常は見つから

なかったそうだ。だが不思議なことに、上着のポケットに押し込んであった例の小箱は、事故のどさくさでどこかに消えてしまっていたという。

「やっぱこれって、あの箱が事故に関係してるってことだよね？」

「それは、その……」

くちごもる私に、いいんだ、とTくんは笑う。

話にはまだつづきがあって、それをふたりきりで聞いて欲しくて、お母さんに無理を言って私を呼び出してもらったらしい。

「じつはおれ、きのうの先生のリアクションで、あれが呪いのアイテムだって、うすうす気づいてたんだよね。……で、なんていうか、イジメ、っていうの？　おれ、学校でそういうのにあっててさ、それで、ちょっとだけ思っちゃったんだ」

「なにを？」

「これがあれば、クラスの連中に仕返しできるんじゃないかな、って」

だからこれ、きっと天罰だよ、とTくん。

「呪い返し、っていうの？　たぶんきっと、そんなやつ」

「ばーか、呪いなんて、そんな説教臭いもんでも、便利なもんでもねーよ」

思いのほかさばさばしたTくんの様子に、私も安堵してできるかぎりの悪態で答えた。あれはやはり、呪いのアイテム、などではなく、遊女たちの無念をあたりかまわずふりまく、はた迷惑な霊障アイテムだったのだろう。

「くだらねぇこと考えてるひまがあったら、さっさと足を治してまた遊びにこい。今度は、ケンカのしかた教えてやるから」

「あはは、それはちょっと遠慮しておく」

軽妙に返すTくんは、ただ、最後に気になることを教えてくれた。

「……でも、あの〝止まれ！〟って声、聞き憶えがあるんだよね。あれ、死んだ爺ちゃんの声だったんじゃないかな？　あれさえなかったら、車がつっこんでくるまえに、よゆーで交差点もつっきれてたはずなのに」

と――。

いかるおとこ

ある日の受付終了間際、院のあとかたづけを始めていると、Rくんという青年が怒鳴り込んできた。Rくんは神経質そうに眉根をよせ、あんたのせいでカノジョとわかれるはめになった、と私に詰めよってくる。

「やぶからぼうに、そう言われてもなぁ」

「なんだよ、とぼける気かよ！」

もちろん、Rくんとは初対面で、カノジョさんのことなど私が知るよしもない。が、この日は朝から予約がいっぱいで、へとへとだった私の対応も、多少、つっけんどんになっていたのだろう。それが火に油をそそぐ結果となり、Rくんはいまにもつかみかからんばかりのいきおいで、こちらにせまってきた。

「くそっ！　あんたが、よけいなことさえ言わなきゃ」

「はぁ……」

すごまれたところで、身に覚えのないものは、身に覚えがなかった。

困りはてた私は後頭部をがりがりと掻いて、

「まあ、立ち話もなんだし、事情は奥でゆっくり聞こうか？」

と、応接ソファーをすすめる。

意外にも素直に提案を飲んでくれたRくんは、気だるげにこきこきと首を鳴らし、私のあとについてきた。……ん？　なんだこれ？　その仕種も気にはなったが、ほんの一瞬、どこかで出会ったことがある、えねいとの気配を背中で感じた。

――ってことは、この気配に関係が？

そんな私の疑問の正体は、Rくんがソファーにかけてすぐに判明する。

「それで、さっきから、ちょっと話が見えないんだけど」

「だから、ここにきただろ、女の子が！　ええっと……りじょうきんなんとかってのを、除霊してもらいに！」

……除霊？　梨状筋？　女の子？

耳慣れた単語の、噛み合わない組み合わせ。それが記憶をたぐる取っかかりになった。梨状筋症候群は除霊できないが、どうやらRくんの言うカノジョとは、かつて〝カレシのモトカノの霊にとり憑かれた〟と来院した、Eさんのことらしい。

「ああ、あのときの……」

「そうだよ、やっと思い出したかッ！」

「うん、状況はなんとなく理解できたけど、どうしていまさら？」

あっけに取られて尋ねると、Rくんはこめかみを押さえながらつづけた。

あの夜、私の除霊施術をうけて無事に帰ったEさんは、その足でRくんのアパートにのり込んできたそうだ。

そして、わけもわからず出迎えたRくんに、

「除霊整体の先生が、カレシが浮気してるって教えてくれた」

と、詰めよったという。

ぎょっとした私は、ちょっと待った、と手をかざしてRくんの説明をさえぎった。

「施術はしたけど、おれはそんなこと言ってないぞ？」

「知ってるよ！　あいつ、ひとの話を勝手に翻訳しちゃうとこあるから」

「あー……」

一瞬うなだれたRくんに、私は妙なシンパシーを覚えた。

施術のときのEさんの様子を鑑みるに、RくんはRくんで、それなりに頑張っているのがなんとなく感じ取れた。

——生霊ってことは、生きてる浮気相手の祟りってことですよね？

――さあ、おれにはなんとも。

そんなEさんと私のやり取りにふりまわされ、Rくんはここにいたったにちがいない。

「なんだか、そっちも大変そうだね」

「大きなお世話だよ！」

苦笑しながら声をかけると、Rくんは烈火のごとく猛り狂う。気を静めようとしたのか、ポケットからタブレット菓子のケースを取り出すと、手のひらになん粒もばらまき、ばりばりと音を立てて噛みくだいた。

――にしても、すごい剣幕だな。

私はすこし興味がわいて、Rくんのその様子をまじまじと観察する。

眉間にしわをよせたRくんの語るところによれば、結局、誤解はとけたが、それからことあるごとに、EさんはRくんの浮気を疑うようになったそうだ。やがて、ふたりの関係はぎすぎすし始め、こじれていった。

最終的には、Eさんと亡くなったモトカノさんのどっちを愛しているか？　にまで話がおよんで、ついにわかれ話になってしまったということらしい。

「どうすんだよ、責任取れよ！」

ごきり、と首を鳴らしながらすごむRくんに、

「たぶん心配ないよ、それ」

と、にこやかな営業スマイルで答える私。

若干、盛りあがりすぎてはいるものの、詳細を聞くかぎりこれは、〝いたって健全なカップルが刺激をもとめた、イベントわかれ話〟だ。放っておいても、じきにどちらかから復縁が持ちあがり、自然と関係は修復するだろう。

あとはタイミングをはかって、ご機嫌うかがいのメールでもしてみればいい。

それよりも私には、もっと気がかりなことがあった。

ガラステーブルの向こうからにらみつけるRくんに、思い切って質問をぶつけてみる。

「ところできみ、もしかして、片頭痛でも持ってるのかな?」

「……へ?」

その瞬間、Rくんのくちが、ぽかん、と開いた。

「なんで、そんなこと知ってんだよ」

「まあ、これもなんとなくね」

ふきだしそうになるのを堪えていると、いまにも噛みついてきそうだったRくんの表情が、みるみるゆるんでゆく。

「すげぇ、あんた、まじで霊能者だったんだ」

「霊能者、じゃなくて、除霊整体師、ね」

といっても、ここまでなら、ただの整体師でも気づいたはずだ。

こめかみから側頭部にかけて、脈打つ痛みを感じる片頭痛は、頸椎の変異癖が原因のケースも思いのほか多い。たびたび首をごきごき鳴らすRくんの癖は、すこしでもその不快感を軽減しようとするための仕種だと推測できたし、ミントには鎮痛効果があるともされ、頭痛薬がわりにタブレット菓子を多用するひとを見かけることもある。

施術家なら、けっしてそこは見逃さない。

Eさんとの痴話ゲンカがエスカレートしたのも、片頭痛からくるRくんの怒りっぽさが要因のひとつとも思われた。

……だが、それもそうだろう。

首まわりに、それだけ強烈な念の塊を絡みつけていれば。

私はもう一度、最初に感じた、Rくんの首にとり憑いた念――かつて、Eさんの足腰に絡みついて、梨状筋症候群、を呼び込んだのとおなじ気配を持つ念の影に目を凝らす。どうやって、これを引っぺがすか。

ここからは、除霊整体師のお仕事だ。

「せめてものお詫びにサービスするから、うちで施術してくかい？」

尋ねると、Rくんはあっさりうなずいた。

施術中にそれとなく聞いてみると、やはりRくんは、おさないころから原因不明の片頭痛になやまされていたという。案の定、最近は頭痛の頻度もあがり、Eさんともひょんなことで、ケンカになりがちだったということだ。

「ま、気にしなさんな、おれも機会があればフォローしとくから」

のろけ話に適当きわまりない相槌を打って、気を込めて頸椎を矯正し、Rくんのえねいとから首まわりの念を引っぺがす。

——ごきん。

と、にぶい手応えがあって、念の影はかき消えていった。

問題は、EさんからRくんに標的をかえた、Rくん自身のえねいとにもよく似た気配をもつ念を送ってきた相手だが……それも、すげぇ、すげぇ、と首まわりの解放感を確認するRくんのつぎのひとことで見当がついた。

「なあ、先生！　ついでにうちの姉ちゃんの冷え性も、診てくれないか？」

「……姉ちゃん？」

いきなり先生に昇格した呼称に気をよくしたわけではないが、もちろん私もそうするつもりだった。今度、お姉さんを院につれてくる、というRくんの提案を断り、みずから出張整体をもうし出る。とんだ濡れ衣のとばっちりとはいえ、のりかかった船だ。RくんとEさんを苦しめた念も、じょじょに正体を見せ始めた。

もうひと役くらい、買って出るのも悪くないだろう。

Chapter 03

転のカルテ

弟煩い

「いらないことに首をつっこむと、いつかしっぺ返しをくらうよ」

電話口の師匠は、そう忠告して私の反応を待った。

ころぶおんな、のEさん、いかるおとこ、のRくんと連鎖した、生霊の正体をたしかめてこようと思う、と私が報告した夜のことだ。

「でも師匠、このままだと、霊障の連鎖はいつまでも止まりませんよね？」

「それは本人同士の問題で、もう施術家の領分じゃないよ」

「そりゃ、そうですけど……」

私は自室のベッドに腰かけたまま、スマホを握ってくちごもる。足もとのドラムバッグには白衣や問診カルテが詰め込んであって、Rくんと約束した、お姉さん・Yさんの出張整体は、すでに翌日にせまっていた。いまさら予定の変更はできないし、なにより、それでは私自身のおさまりがつかない。

「とにかく、行くだけ行ってみます」

「ほんとに強情だねぇ」

食いさがる私に、あきれ返る師匠。バケモノとの対決に、都市伝説のおばけ退治。難題案件をいくつか自力でこなしたせいだろうか？　このころの私はすこしテングになって、師匠の手をわずらわせることも増えていた。

師匠は大きくため息をつくと、あらためて私を問いただす。

「そもそも、正体をたしかめてどうする気？」

「もちろん、説得して、念を飛ばすのをやめさせます」

「それで逆恨みされて、つぎの標的があなたになっちゃったら？」

「そのときは、そのときです」

即答したのは、よく言えば、使命感からだった。

自分がやらなければ、誰が患者さんを救うのだ。そんなまえのめりな情熱が、私をつき動かしていた。いまなら嫌というほど思い知っているが、ひとの抱えた闇にずけずけ踏み込む、ということのあやうさも怖ろしさも、本当の意味では理解していなかった。ちょっとした、ヒーロー気取りだったといっていい。

あのねぇ、とまえ置きして、師匠は噛んでふくめるようにつづける。

「あなたの仕事は整体師で、正義の味方じゃないの。自分のできる範囲をきちんと判断して、そのなかで全力をつくす。それ以上でも、それ以下でもない。手にあまることに関わろうとするのは、勇気じゃなくて、ただの思いあがりだよ」

「わかってますよ、そんなこと」

「ならいいけど、守り石だって、万能じゃないんだからね」

悪いことは言わないから、患者さんに深入りしすぎないように。最後にそれだけ告げて、師匠の電話は切れた。私は必死に反論の言葉を見つくろっていたが、図星すぎてそんなものは見つかるわけもなかった。

暗転したまっ黒なスマホの画面を見つめ、ぼそり、ともう一度だけくり返す。

「……わかってますよ、そんなこと」


翌日になって、私は予定通りYさんの出張整体に出かけた。

私鉄をのりついで目的の駅にたどりつくと、改札を出てスマホのナビを立ちあげる。しとしと降る雨がまとわりつく、うっとうしく蒸し暑い、日曜の午後だった。

「商店街を抜けたら、右……って、こっちか?」

Yさんが住むというマンションまでは、思いのほか単純な道すじだった。

とはいえ、初めての街なので、慎重にあるく。

ぺしゃり、ぺしゃり、ぺしゃり。

ところどころにできた水たまりを踏みながら、私はずっと考えていた。言うまでもなく、前日の夜にうけた師匠からの忠告への、反論の言葉を、だ。

——ただの思いあがり。

そう言われてしまえば、きっとそうなのだろう。だが、それのどこが悪いのか？　そもそもを言えば、死にあらがおうとする医療自体、人間の壮大な思いあがりだし、魔祓い——除霊などという行為は、まさにその典型で、思いあがりを否定するということは、除霊整体という職業自体の否定につながるではないか。

見て見ぬふりが大人の流儀なら、私はガキでいい。正義の味方にでもなんでも、なってやろうじゃないか……。

そんな子供じみた、ひとりよがりのへらずぐち。

ひと晩がかりで出した結論は、結局、自己弁護の詭弁《きべん》にすぎなかった。

それでも、それがそのときの私の唯一のよりどころで、同時に、覚悟の証明、のつもりでもあった。ぐずぐずとそんなことを考えながらあるいているうちに、目的のマンションは、もう目のまえまでせまっていた。

「……住所的にはあってるよな、ここで？」

思わずつぶやいて、私はナビ画面の現在位置を確認する。

赤さびた非常階段に、ひびわれた壁……傘越しに見あげた建造物は、古い、というより老朽化という表現がふさわしいありさまで、オートロックどころか、ろくなセキュリティーシステムも見当たらない。いまどきのうら若い女性がひとりぐらしするマンションとは、とても思えなかったからだ。

ただ、その疑問はほどなくして解消された。

雨漏りのシミをにじませる、じめじめしたエントランスから、ガコガコと不穏な挙動をくり返すエレベーターで三階へ。

迎え入れられたYさんの部屋は、ワンルームではなく家族向けの間取りになっていた。玄関から伸びる廊下にはドアがふたつならんでいて、つきあたりのダイニングキッチンの隣は、L字型に座敷が三室つづいている。客間らしい六畳間には仏壇があり、YさんとRくんのお母さんらしい女性の写真が飾られていた。

「おどろいたでしょう？　ぼろぼろなマンションで」

「ええ、まあ、ほんのちょっとだけ」

正直に答えると、Yさんがくすくすと笑う。

Yさんは三十路そこそこの、どこか艶のある美人で、ひと当たりもよく、笑顔が可愛らしい魅力的な女性だった。

「Rちゃんとわたしが、育った家なんです、ここ」

「お母さんは、いつごろ？」

「ええと、Rちゃんが大学生のころだから、もう五、六年まえになるかしら？」

小首をかしげるYさんによれば、ご両親の離婚が成立したのが、Yさんが五歳でRくんが一歳のとき。それからこのマンションにうつり住んで、お母さんは女手ひとつでふたりを育てたのだという。そんなお母さんがパート先でたおれたのが、Yさんが高卒で役所につとめるようになって、六度目の春を迎えたときだった。

くも膜下出血。そのままお母さんは、帰らぬひととなったそうだ。

「そこからは、Yさんがお母さんのかわりにRくんを？」

出されたお茶を客間で飲みながら聞くと、問診カルテを書き終えてペンを置いたYさんが、ええ、とにこやかに答える。

「でも、子供のころからRちゃんの面倒はみてたから、なにもかわりませんでした。むしろ、大切な家族を自分の手で守ることができて、幸せだったくらい。これからは、もっともっと頑張らなきゃ、って」

「お父さんを、たよろうと思ったことは？」

「まさか、やっとふたりきりで、くらせるようになったのに。……なのに、卒業してじきに、Rちゃんは家を出てしまって」

つまり、それからYさんは、ひとりでここに取り残されたということか？

だいたいの事情が飲み込めたところで、あらためて家のなかを見わたしてみる。テーブルのまわりには、Yさんのもののほかに、おそろいのクッション素材の座椅子がひとつ。ダイニングの食器棚には、夫婦茶碗が一式。片方はYさん用として、もう一方はおそらく、かつてRくんがつかっていたものだろう。

ささやかでも、幸福でみたされていた、家族の墓標。

そんな言葉が、なぜか私の脳裏をよぎった。

「そりゃあ、さびしかったですね」

「はい、もう、Rちゃんに首輪をつけて、つないでおきたかったくらい」

冗談めかして言うYさんからカルテをうけ取ると、すべてを納得して、施術着に着がえるようにお願いする。

「わかりました、ちょっと待っててくださいね」

Yさんはほがらかに答えると、奥の座敷に消えていった。

満足した私は、残りのお茶をひと息に飲み干した。

むろん、Rくんにも Yさんにも、念のことはいっさい話していなかったし、真の目的も伝えていない。たのまれたのはあくまで、冷え性を改善する気功整体、だったが、これで生霊のしっぽは確実につかまえた。

Yさんのえねいとの気配は、部屋に入った時点でもう読んであった。

生霊となってRくんたちに念を飛ばしていたのは、まちがいなく彼女だ。

「……首輪、ね」

私も客間のすみを借りて、白衣に着がえながらひとりごちた。

それがRくんの首にとり憑いた、イメージの正体か。

じつを言えば、一般整体のふりをしてRくんから引っぺがしたときから、念に込められた歪な愛情のことには気づいていた。妄執、妄念、固執。これもあくまで、いち施術家としての経験からの見解ではあるが、複雑な環境下で育った場合、ごくまれに肉親間でも、そういった感情が芽生えてしまうことがある。

Rちゃん、Rちゃん、Rちゃん――。

おだやかな口調とはうらはらに、異様と言っていいほど、Yさんの話の主体はそこに集約されていた。まるで弟ではなく、最愛の恋人のことでも語っているかのように。

ブラザーコンプレックス、シスターコンプレックス。

一般的にそう呼ばれる欲求や衝動の傾向は、Ｒくんにもいくらか見られた。姉ちゃんの冷え性も、診てもらえないか？　私の施術のあと、まっ先に尋ねてきたときから予感はあったが、Ｙさんの話を聞いて確信にかわった。

いらないことに、首をつっこむな。

師匠が私を止めたのも、この予感を最初に伝えていたからだった。

もっとも、Ｒくんの場合は、まだ理性が安全装置として正常に機能していた。

Ｒくんにかぎらず、このケースの多くの場合は、相手から物理的な距離を置いて感情をコントロールすることで、一線を越えてしまうことを無意識に防ごうとする。Ｒくんが卒業を機に家を出たのも、そのためだと思われた。

――ってことは、やっぱり問題は、Ｙさんのほう、か。

着がえを終えて、私は思案をめぐらせた。

もちろん、これはとてもデリケートな問題だ。師匠の言う通り、究極的には本人同士の決めることで、倫理やモラルを抜きにすれば、他人の出る幕ではないのかもしれない。

私だって、それはそう思う。

だが、ＹさんのＲくんに対する感情は、度を越してしまった。

あるいは、Ｒくんの独立をきっかけに、Ｙさんも自分の感情をコントロールしようとはしていたのかもしれない。けれど、その抑制は、鬱屈した負のエネルギーを具現化し、自身のえねいとから、生霊、と呼べる存在を生み出してしまった。

過剰すぎる弟への愛情は、念となって切り離され、意識するしないに関わらず、自分の想いの障害になるものたちに牙をむいた。

皮肉なことに、偏愛の対象であるはずの、Rくんにまでも。

このままYさんの感情が暴走しつづければ、いつか本当に、誰かが命を落とすことになる可能性だってあった。除霊整体師として、それだけは、どうしても阻止したかった。最悪、正直にYさんに状況をうちあけて、カウンセリングをうけてもらう。そう覚悟を決めて、その日の施術には臨んでいた。

「おせっかいでも、ほっとくわけにはいかねぇよなぁ」

私はつぶやいて、がりがりと頭を掻きむしる。

白衣のポケットに守り石を放り込もうとして、ふと師匠の言葉がよみがえって、そのままバッグの底にしまい込んだ。

患者さんに、深入りしすぎないように。

施術家にとって、忘れてはいけない基本中の基本。

だとしても、これは私自身が選んだことだ。今日ばかりは、師匠の助けはいらない。師匠の教えとは関係なく、私が私として、この不遇な姉弟を救うのだ。施術の結果、たとえYさんの念をこの身でうけることになったとしても、けっして後悔などしない。最後の迷いをふりはらって立ちあがったとき、

「あの、すみません、準備ができました」

奥の座敷から、遠慮がちなYさんの声がかかった。


「――じゃあ、入りますよ？」

ひと声かけてふすまを開け放つと、四畳半の座敷にはマットレスが敷いてあって、パジャマ姿のYさんが、ちょこんと腰かけていた。

「それで、わたしはどうすれば？」

「そのままでいいですよ、まずは触診から始めますから」

私は笑顔で答え、もう一方のふすまと窓のカーテンも開け放った。

それでダイニングと隣の間、ガラス越しではあるがそとの景色も解放されて、室内の圧迫感はだいぶ緩和された。家のなかにふたりきりなのはかわらないとして、患者さんの不安をすこしでも取りのぞく、出張整体の最低限のエチケットだ。

空はまだぐずついた天気で、窓ガラスには、雨だれがまだら模様を描いていた。

「今日はもう、止みそうにないですね」

「そうですね、こんな日は、とくに冷えが酷くって」

言いながら、Yさんは横に投げ出した左足のふくらはぎをさすった。

……左足、か。

そういえば、Eさんの霊障も左足だったな。

さりげなく横目で観察して、手もとのカルテのチェックを終える。

天井の片すみでは、旧式のエアコンがごうごうと音を立てていて、末端冷え性なら、それも影響していると思われた。

「キツいようだったら、止めちゃってもいいですよ、あれ」

「でも、それだと、先生が暑いでしょう?」

「あはは、お気づかいなく」

形式的なやり取りと、いつも通りのルーティーン。

あとは施術中の会話で、説得の糸口を見つける。ある意味、除霊整体よりもやっかいなケースだったが、カウンセリングにも自信はあった。ぱん、と手のひらを打ち鳴らしてひざまずき、Yさんの触診を開始する。

「たしかに、右足よりも左足のほうがつめたいみたいですね」

「それって、なにかダメなんですか？」

「うぅん、閉塞性動脈硬化症、ってのもあるから一概には言えないけど、たぶんこれくらいなら大丈夫でしょう」

「うわっ、なんだか怖いですね」

Yさんは目を見開くと、わざとらしく両手をくちもとに当てた。

じょじょに口調もくだけてきて、警戒心も解け始めたように見えた。

私は気を送り込み、Yさんのえねいとを補充する。

「すごいです、足がぽかぽかしてきました」

「でしょ？　これが、気功整体です」

「へぇ、こんなことなら、もっとはやくお願いすればよかった」

Yさんとの会話もはずみ、施術は順調にすすんだ。通常、熟練の施術家でも、患者さんのパーソナルスペースに入り込むには、もっと手順が必要なもので、その反応は意外だった。

が、これは千載一遇のチャンスでもあった。

多少強引でも、いまなら意図的に、話題を誘導できるのではないか。

油断したわけではないが、私のなかにそんな誘惑が生まれた。

——思い切って、もう一歩ふみ込んでみるか？

そう判断して、かるくRくんのことに触れようとしたときだ。Yさんの左脛骨を探る指が、古傷の手応えを見つける。

「……骨折のあと、ですか、これ？」

思わずくちにしてしまうと、ああ、とYさんがうすくほほえんだ。

「それですか？　それは、Rちゃんを殺そうとしたときに、できた傷あとです」

一瞬、タイムラグがあって、背すじが凍りつく。

いま、このひとはなにを言った？

懸命に言葉の意味を把握しようとして、脳がフリーズして思考を拒絶した。

調子づいていた私は、それで完全にパニック状態になった。

殺す？　殺すって言ったのか、いま？

すこし遅れて思考がついてきて、ヘビににらまれたカエルのように、Yさんの左足を握ったまま金縛りになる。エアコンが止まっているせいだろうか？　ふいに体感温度と湿度まであがった気がして、ひたいから嫌な汗がにじみ始めた。

「ふふ、やっぱり、暑そうですよ？」

「いや、これは……」

「そうだ、じゃあ、先生が涼しくなるように、怖い話でもしましょうか」

やめてくれ、それ以上、くちを開くな。

硬直する私を見つめ、Yさんはまた、くすくすと笑う。

「むかし、Rちゃんの恋人を殺したこともあるんです。わたし」

瞬間、右目のはしでなにか動いた。

まずい、まずい、まずいまずいまずいまずい。

気づいたときには、もう手遅れだった。首すじから這いあがってきた念の影は、右の眼窩《がんか》から私の体内に侵入する。眼底から脳髄にかけて激痛が奔り、私はのたうちながら、座敷からダイニングにころげ出した。

「い、ってぇ……！　痛てぇ、痛てぇ、痛てぇッ！」

ころげまわりながら、どうにか客間のすみにたどりつく。

そこでやっと、自分の馬鹿さ加減をさとった。

なにがヒーローだ。なにが正義の味方だ。

Yさんには、ちゃんと自分のしていることの自覚があった。わかった上で、RくんにもEさんにも、生霊を飛ばしていたのだ。

おそらく、Rちゃんの恋人、というのも、バイクの事故で亡くなったという、Rくんのモトカノさんのことだろう。言われてみれば、ちぎれ飛んだという彼女の足も、左側だったはずだ。理由はわからないが、Yさんはそのころすでに、自分のえねいとをコントロールする方法、を身につけていたのだ。

自分の生体エネルギーを削って念を飛ばすのだから、一番えねいとが弱った、古傷のある左足だけ冷えるのも当然だ。

そしてその標的は、いま、私になった。

いや、この施術が決まったときから、すでに目をつけられていた。

――けっして後悔などしない。

などとほざいた自分を、呪ってやりたい気分だった。師匠の言う通り、私はただ、やすっぽいヒロイズムに酔っていただけだった。

とにかく、はやくこの念を、引っぺがさなくては。

必死でバッグに飛びつくと、腕ごとつっこんで守り石を手探りする。

その瞬間、また右目に激痛が奔って、もんどりうった。つかみそこなった守り石が畳をころがって、テーブルの下にすべり込む。両手で右目を押さえ、残った左目で見あげた先に、私を見おろすYさんの姿があった。

「ダメじゃないですか、整体師が患者を放り出して逃げたら」

言って、Yさんはくすくすと笑う。

終始かわらない、ひとなつこくて魅力的な笑顔。

だが、私にとって、もうその笑顔は恐怖の対象でしかなかった。ガチガチと鳴り止まない歯の隙間から、ようやく絞り出す。

「で、も、なんで、Rくんまで……」

「だって、そうすれば、Rちゃんはもう、どこにも行かないでしょう？」

くす、くすくすくす。

ゆかいそうにくちもとを手でおおい、Yさんはつけくわえた。

「それに、ちゃんとさっきも言いましたよね？　わたしがRちゃんを殺そうとしたのは、これが初めて、ってわけじゃないんですよ」

「……そ、れは」

「先生も、見てみますか？」

Yさんが言い終わると同時に、眼球がえぐり出されるように痛んだ。

私は右目を押さえたまま絶叫して、ふたたびのたうちまわる。

視神経を通じて、なにかに脳を侵食される錯覚があった。えねいとの逆流ともちがう、不快でおぞましい、悪寒を覚える感覚だ。

気がつくと、私は夕暮れの公園の遊具の上に立っていた。

コンクリートドームにすべり台が設置された、小山のような遊具のてっぺんだ。

私の視界に、四、五歳くらいの、男の子と女の子が映っている。

男の子には、うっすらとRくんの面影があった。

――ってことは、女の子はYさんか？

もうろうとする意識の底で考えて、すぐにその勘ちがいに気づく。この女の子がYさんであれば、年齢的におさなすぎる。男女の体格差を考慮しても、八歳前後なら、もっと成長していないとおかしいはずだ。

だとすると、この映像はなんだ？

Yさんは、どこに？

しばしの逡巡のあと、Yさんの言葉を思い出した。

……先生も、見てみますか？

ということは、これは幼少期のYさんの、記憶の追体験か？

Yさんの記憶と同化した私の視界は、ふいになにか叫ぶようにゆれ動く。

おさないRくんは女の子の気を引くのに夢中で、私の声は届かない。……いや、これは聞こえていて、無視されているのだろうか？

私の胸の奥底に、暗い暗い、負の感情がわきあがった。嫉妬、それは理解できたが、体の自由が利かない。私はRくんの手をつかむと、発作的に遊具の階段に向かって、自分の体ごとRくんを引っぱり込んだ。

ごろごろと、めまぐるしく視界が切りかわる。

つぎに景色が止まってまっ赤な空を仰いだとき、体中がじんじんと痛んで、うめき声を漏らした。とくに左足の脛は激痛で、ふたたび意識が遠のいてゆく。

暗転する間際の視界で、すり傷だらけのRくんが泣き叫んでいた。

そう、これでいい――。

これでRちゃんは、ずっとずっと、わたし、のものだ。

わたしになった私の追憶は、まだ先につづいた。

それからわたしたちは、以前にも増して仲のいい姉弟になった。ショックで記憶が混濁したのだろうか？　Rちゃんのなかでは、あの日の事故は、はしゃぎすぎて遊具から落ちた自分を、わたしがかばってまきぞえになった、ということになっていた。わたしもあえて、その記憶を訂正しなかった。

わたしの左足は、その事故で骨折して、しばらくは松葉杖の生活がつづいた。

目に見えるわけではなかったものの、女の子の体に傷を……、と、お母さんはRちゃんを激しくしかり飛ばした。それで責任を感じたのか、恩を感じたのか、Rちゃんはかいがいしく、わたしの世話をしてくれた。

Rちゃんを殺しそこなったのは、すこし残念だったけれど、結果として、わたしの計画はすべてうまくいっていた。殺してわたしだけのものにするのも素敵なアイデアだったけど、生きたまま独占できるなら、そのほうがずっといい。

Rちゃん、Rちゃん、Rちゃん。

Rちゃんが産まれたのは、わたしが四歳のときだった。

そのときから、ずっとずっと、わたしはRちゃんのことが大好きだった。

お父さんがいなくても、お母さんがパートに出ても、Rちゃんさえいてくれれば、さみしくなんかなかった。怪我が治っても、負い目からだろうか？　Rちゃんは、かわらずわたしを大切にしてくれた。そんなRちゃんを、わたしはまた好きになった。

Rちゃんのことを考えると、胸がどきどきした。そうするとなぜか、足の傷がうずいて、とてもつめたくなった。

お医者さんに診せると、骨折が原因の末端冷え性、と診断された。

……姉ちゃん、ごめん。

と、Rちゃんはもうしわけなさそうにうつむいた。

Rちゃんが、わたしのために胸を痛めている。

わたしのなかに、ぞくぞくするような悦楽が込みあげた。ああ、わたしはこの子をただ好きなんじゃない、愛しているんだ、と気づかされた瞬間だった。

そのころから、Rちゃんも原因不明の頭痛になやまされるようになった。

わたしの冷え性が出始めると、決まってRちゃんも激しい頭痛に襲われた。

どうして、こんなことが起こるのだろう？

かわいそうな、Rちゃん……。

その疑問がとけたのは、Rちゃんが高校生のときだった。

Rちゃんに、初めての恋人ができた。

バイト先で知り合ったという、Rちゃんとべつの高校に通う、女子高生らしかった。

平日も休日も、Rちゃんは時間ができると、楽しそうにその女とオートバイで出かけた。

頑張って貯めたバイト代に、わたしが役所のお給料を足してあげて買った、〝わたしたちのオートバイ〟で、だ。

わたしはその女が、心の底から憎かった。

でも、もちろんその感情は表に出したりしない。そんなことをまわりに気づかれたら、わたしはRちゃんから、引き離されてしまうにちがいないのだから。

だから、わたしは表面上の笑顔をつとめながら、その女の破滅を願った。

死ね死ね死ね死ね。

死ね死ね死ね死ね死ね死ね……。

憎悪をつのらせるたび、わたしの冷え性は酷くなった。

やさしいRちゃんはとても心配してくれたが、大丈夫よ、とわたしは答えた。

くすくすくす、くすくすくす。

わたしが笑うと、Rちゃんもにっこりとほほえんでくれた。

そしてある日、わたしは夢を見た。

夜の街を走る、Rちゃんのオートバイ。

そのシートのうしろには、当然のように、あの女が座っている。

死ね死ね死ね死ね。

くすくすくすくすくす。

わたしの視界はするするとヘビのように這いあがって、ハンドルからRちゃんの腕、肩から背中へと伝ってゆき、首すじに絡みついた。

また頭痛にでも襲われたのか、Rちゃんは一瞬、顔をゆがめ、ヘルメット越しに自分の頭に右手をそえる。オートバイは急減速した。そこへ、よってきたトラックが、オートバイを巻き込んで左折してゆく。

ガチャン、ばりばりばり、ぐしゃ。

Rちゃんは投げ出され、オートバイはトラックの下でおもちゃのように跳ねた。

いまいましい、あの女と一緒に。

……ああ、いい気味だ。

この光景が、現実のものならよかったのに。

左足がもげて血だまりでのたうつ女を、わたしは恍惚のなかで見おろしていた。女がつめたくなって、動かなくなるときまで。

そこではっと目が覚めて、わたしはベッドの上に身を起こす。

部屋のなかはまっくらで、すくなくともまだ深夜であることは理解できた。

なんだったんだろう、いまの生々しい夢は？

不思議で不気味な夢ではあったけれど、なぜか不吉に思う感情よりも、奇妙な達成感と疲労感があった。

なんの気なしに左足をなでると、氷のようにつめたくなっていた。

と、ふいに家の電話のベルが鳴った。応対する声があって、血相をかえたお母さんが部屋のなかに飛び込んでくる。

Rちゃんが、オートバイで交通事故。

すぐさま病院に駆けつけると、Rちゃんはベッドで寝息を立てていた。

運がよかったですね、奇跡的ですよ。Rちゃんの手術を担当した医者の話では、腰骨を骨折した以外、Rちゃんにめだった怪我はないという。

残念ながら、女の子のほうは。

言いづらそうにつづける医者に、知ってますよ、と心のなかでわたしはつぶやいた。

だってこれは、ほかでもない、わたし自身がやったことなのだから。

事故の経緯を聞いたときから、もう確信はあった。

あれは予知夢じゃない。理屈はよくわからないが、わたしは自分の意識を飛ばして、ひとを殺すことができるのだ。それは報われないわたしの恋を成就させるために、神さまがくれた、とっておきのプレゼントのようにも思えた。

遅れて駆けつけてきた女の家族に、わたしとお母さんは食ってかかられたが、そんなことも知ったことではなかった。だいいち、おまえらの娘を直接殺したのはトラックの運転手だ。賠償金でも慰謝料でも、運送会社からたっぷりせしめればいい。

くすくす、くすくすくす。

それからわたしは、ふさぎ込むRちゃんを一生懸命になぐさめた。

彼女のことは残念だったけど、お姉ちゃんがついてるから。

Rちゃんが立ち直るには、すこし時間がかかったけれど、わたしは根気よくRちゃんのメンタルケアをつづけた。

その甲斐もあって、やっと前向きになったRちゃんは大学に進学し、お母さんが死んで、わたしとRちゃんの絆はよりふかいものになっていった。それなのにRちゃんは、大学を卒業すると急に、ひとり立ちしたい、と家を出て行ってしまった。

でも、わたしはあまりあわてたりしなかった。

いざとなれば、あの力でRちゃんを殺して、わたしだけのものにすればいいのだ。

そのためにもRちゃんに念を飛ばしつづけて、監視を継続した。やがてRちゃんをたぶらかすドロボウネコが、またあらわれた。

まずは見せしめに、この淫売にとり憑いて命を……。

そう考えて、天罰をあたえようとしたときだ。

あのさえない整体師が、わたしの計画を邪魔してきたのは。

――ぷつん。

映像はそこでとぎれ、私は上体を跳ねあげてばたばたとあとずさった。

背中がふすまにぶつかり顔をあげると、拾いあげた守り石を指でぶらさげたYさんが、尻もちをつく私を見おろしてきた。

「どうでした、先生？」

くすくす笑うYさんの顔が、ぬっと鼻先に近づいてくる。

どうもこうもない、思いあがりなど、とうにどこかへ吹き飛んでいた。

すぐにでもしっぽをまいて、退散したかった。

「今回はこれでゆるしてあげますけど、もう、邪魔なんかしないでくださいね」

甘ったるい息とともにかけられた言葉に、私はただ、がくがくとうなずくしかなかった。

よくできました、Yさんはそう囁くと、守り石と一緒に、小さくたたんだ五千円札を白衣の胸ポケットに押し込んでくる。

初見料を引いた、基本の施術料。

「……怖い話を聞かせたから、これでいいんですよね？」

ぐぅ、っとぶざまなうめきを漏らすと、私は耐え切れなくなってバッグを引っつかんだ。

白衣のまま部屋を飛び出すと、いっきに赤さびた非常階段を駆けおりる。

しゃにむに走りまわって我に返ると、しとしと降る雨のなか、ずぶ濡れになって商店街のすみっこに佇んでいた。

いつか、しっぺ返しをくらうよ。

また師匠の声がよみがえって、身ぶるいしてうしろをふり向いた。むろん、Yさんの姿がそこにあるわけもない。不審きわまりない白衣の男を一瞥し、眉をひそめてすれちがってゆく、通行人たちの姿があるだけだ。

けれど、そんなことは、まるで気にならなかった。

とにかくあの場を生きて出られただけで、心の底から安堵していた。

ほぅ、っと大きく息を漏らし、私はよろめきながら帰途につく。自分の間抜けさ加減を反省するのはあとまわしだ。

いまは、一刻でもはやく、この街から離れたかった。

が、そう思って駅に向かい始めたとき、ふと脳裏を嫌な予感がよぎった。

——やっとふたりきりで、くらせるようになったのに。

たしかYさんは、そう言っていなかったか?

ということは、まさかお母さんも。

ぞっとして早足になった瞬間、雨音にまじって背後から、くすくすという笑い声が聞こえたような気がした。

障る怪談

あらかじめお断りしておくと、ここでは、障る怪談、自体の詳細は記さない。

そこにまつわる怪現象と、やがて私が院をたたむ原因にもなる、いきさつだけを伝えるに留めておこうと思う。なぜなら、

「この怪談、本当に祟るんです。絶対に、ほかで話さないでくださいね」

それが、男性患者・Nさんとの約束だからだ。

もしそれがなかったとしても、私自身の判断として、ことこまかに内容を語ることはしなかったと思う。さいわい、いまから語る概要だけなら、まだ霊障が出た事例はないが、これはそれくらい〝聞くもの〟に影響をおよぼす症例だ。ある意味では、私が関わったなかで、最凶最悪のケースだと言ってもいい。

といっても、Nさん自身は、霊障の相談で来院した患者さんではなかった。

大腿骨骨折の予後治療――つまり、完治後に出る患部のしぶりや疼痛《とうつう》、骨折が原因で出始めた腰痛等の改善に私の院を訪れ、たまたま目についた軒先の板看板の文言を読んで、思い

切って相談してみようという気になったのだそうだ。

「先生にも障りが出るかもしれませんけど、それでもいいですか？」

「ええ、もちろん」

気軽に答えたのは、仕事だから、というだけではない。聞いただけで祟られる、という怪談にすこし興味はあったし、なにより、すでに読んだNさんのえねいとからは、憑き物の気配をまったく感じ取れなかったからだ。

おそらくは、障りが出る、と信じ込んだから起こる、虚の霊障。それでも私が聞くことで患者さんが楽になるなら、それだって立派な除霊整体だ。そう判断して、施術をしながらNさんの話に耳をかたむける。

そうして、冒頭のまくらがついて、Nさんは語り始めた。

ぽつぽつと記憶をたぐりながら話すNさんの語りくちは、手馴れたものではなかった。たまに切りかわる視点が、聞き手の混乱をまねいたし、予告通り詳細はさけるが、内容も類型的な、あるカップルにまつわる怪談、という感じだった。ただ、それがむしろ、真実味を増す演出にはなっていたし、最後に出てくる、片肘が逆にねじ曲がった女の幽霊、のディテールだけは妙に生々しくて、印象に残った。

Nさんは語り終えると深呼吸して、おそるおそる尋ねてくる。

「……どうでした、先生？」

「うぅん、これだけじゃ、コメントしづらいですね」

なにしろ、ここまでなら、よくある怪談、のひとつにすぎない。

率直にそう伝えると、そうですよね、とくちごもったNさんは、障る怪談、のくわしい経緯を教えてくれた。

Nさんがこの怪談を聞いたのは、半年ほどまえ。

職場の先輩の、送別会の席でのことだったという。

「じゃあ、置き土産に、おもしろい話を聞かせてあげようかな」

酔いのいきおいも手伝ったのだろうか、とうの先輩がそんな話題をふってくる。

二次会もほどよくすすみ、酒席は宴もたけなわ、といった雰囲気で、主役をほったらかして場は盛りあがっていた。テーブルで先輩の話に耳をかたむけたのは、Nさん、Nさんと同年代の二十代後半の女性社員、年かさだが先輩の補充人員として配属された、Nさんの後輩にあたる新人男性社員だけだったそうだ。

元来、怪談などとは無縁だったNさんだが、おもしろい話、と聞いたので、社内のゴシップかなにかかな？　と思い耳をすませた。

が、そこで語られたのが、まるで職場は関係ない、くだんのエピソードだった。

それでも先輩の語りくちはかなり達者だったようで、臨場感たっぷりに語られる話に女性社員など、きゃあきゃあと声をあげてはしゃいでいたという。年かさの新人社員も、はやく職場になじもうとしたのか、真剣に聞き入っていた。

「やめてください、それ、それ、ただの怪談話じゃないですか！」

堪《たま》りかねてクレームをつけたのは、ほかでもない、Nさんひとりだった。

すると先輩はにやりと笑い、

「いやいや、おもしろいのはここからだよ」

またうす気味悪い抑揚をつけて、語り始める——。

「……それが、聞くと祟られる、ってオチだったとか？」

「そういうことです」

思わず私が話の腰を折ると、Nさんは神妙な顔で大きくうなずいた。

正直に言えば、そのとき私は、肩すかしをくらったような気分でいっぱいだった。それこそ本当に、よくあるパターンのオチではないか。いかにも実直そうで、怪談耐性がないというNさんだとしても、そんな子供だましを鵜呑みにしてしまうとは、もうしわけないが、いくらなんでもひとがよすぎる。

先輩はそのあとすぐ、一同にシャツの袖をまくって見せて、

「で、これがその証拠」

と、もう消えかけた、小さな肘の傷を見せたそうだ。

なんでもそれは、先輩自身がこの怪談を聞いた直後にあった事故で負った傷で、不気味なことに、一緒に怪談を聞いていたメンバー全員が、同時期に病気なり怪我なりで、体調トラブルにみまわれたのだ、ということらしかった。

「それって、古傷から逆算した、即興怪談じゃないんですか？」

「ぼくも初めは、そう思いました」

でも、と、Nさんは私が施術中の右足を指さす。

「じつはその骨折も、その霊障が原因だったんですよ」

……まあ、そうくるだろうな。

なるほど、ともっともらしくうなずいて、私はNさんの股関節を調整する。

骨折の予後治療からの話のながれで、その展開の予測はついていた。

といっても。

だからといって、障る怪談、の信憑性が増したわけではない。ぶっちゃけてしまえば、虚の霊障で、決めつけ、のつぎに多いのがこのパターンだった。怪談話にかぎらず、きっかけになる事件のあとなにかあると、人間はそこに原因をもとめようとする。占いが当たる、ではなく、占いを聞いていたから、吉事も凶事もそこに結びつけるのとおなじ理屈だ。Nさんの場合も、きっとそのパターンの典型だろう。

それがその時点の、忌憚のない私の意見だった。

すくなくとも、そこからつづく、Nさんの告白を聞くまでは。

「怪談を聞いた、つぎの週だったかな」

施術を終え、すでにまとめに入ろうとしていた私に、Nさんはつづける。

くだんの先輩の送別会が週末だったそうだから、翌週といっても、実際には二、三日後ということになると思われた。

繁忙期のことで、もうすっかり先輩のことも怪談のことも忘れていたNさんは、業務の雑事で備品倉庫にやってきていた。医療品をあつかうNさんの会社の備品倉庫には、スチール棚がところせましとならび、試供品や関連書類、投薬器具がぎっしり詰め込まれたダンボールが、やまづみになっている。

昼間でもうす暗い倉庫のなかで、Nさんは目的の書類を探していた。

――なんで、このくそいそがしいときに。

不本意な雑用を押しつけられて、ついつい、心のなかで悪態をついてしまう。

と、ふいにひとの気配を感じて、反射的に目をあげた。

……ぺたり。

ちょうどかがみ込んでいたNさんの視界、ほこりまみれのダンボールと棚板の隙間に、通りすぎる女性の素足が見えた、ような気がしたという。

見まちがえ、そう判断するまえに、なぜか奇妙な胸騒ぎがした。

思わず声をかけて確認しようとして、すんでのところでNさんは思い留まった。まさか、ホラー映画でもあるまいし。

苦笑いしたところで、ぎくりとして首をすくめる。

もちろん、脳裏をよぎったのは、先輩から聞いたあの怪談だ。

「車に引っかけられる瞬間、おれ、見たんだよ。……スモック、っていうの？　病院の検査のとき、すっぽりかぶるあれを着た血まみれの女が、肘からねじ曲がった右手をブラブラさせて、ガードレールの向こうで笑ってるの」

ぺたり、と、また素足であるく女の気配がした。

べっとりと、嫌な汗でシャツが背中にへばりついた。

すぐに、逃げなければ。Nさんは立ちあがり、はじかれたようにきびすを返す。

すると、女はそこに立っていた。

先輩の証言通りニタニタと笑いながら、ねじくれた右手をふり動かして。

「ひ、ぃ……！」

Nさんのくちから悲鳴が漏れたのと、スチール棚がいきなりたおれてきたのは、ほとんど同時のことだったという。下敷きになる寸前、とっさにNさんは頭をかばったが、くずれてきたダンボールと棚にはさまれた右足の骨は、ふとものまんなかでぽっきり折れてしまったそうだ。すぐに病院に運ばれ、全治二か月。

うち一週間は、入院生活をよぎなくされた。

入院中は、上司や同僚もみまいにきてくれたが、どういうわけか、一緒に先輩の怪談を聞いていた女性社員と、年かさの新人社員は、顔を出さなかったという。

Nさんは Nさんで、

——病院にも、またあの女があらわれるのではないか？

と、気が気ではなかったので、それどころではなかった。病院のベッドでも夜ごと悪夢にうなされる日々がつづいていたが、ただ、さいわいなことにあれ以降、女はNさんのまえに姿を見せることはなかったそうだ。

そして、自宅療養に切りかわったある日。

ピンポーン、と、Nさんのアパートのドアチャイムが鳴った。

一瞬、ひやりとしたNさんだったが、おそるおそるドアスコープを覗くと、魚眼レンズの向こうに年かさの新人社員が立っている。

ほっと息をついたNさんは、すぐにドアを開け、

「あ、おみまいですか？　どうもすみませ……」

言いかけて、はっとして声を飲み込んで立ちつくした。

どちらかといえば、かっぷくのよかったはずの新人社員は、異常に顔色も悪く、げっそりと痩せ細ってしまっている。

「あ、の、どうしたんですか、それ？」

やっと声を絞り出すと、うつむいたままの新人社員は目も合わせようとせず、Nさんにフルーツバスケットを押しつけ、例の女性社員に子宮頸癌が見つかり、療養のために退職したむねをぼそぼそ伝えてきた。

「私も体調がすぐれないんで、辞表を出すことにしました」

そう言って新人社員は、胃のあたりをさすった。

もしかして、ふたりのまえにもあの女が？

くるりときびすを返した背中に、Nさんは尋ねようとしたが、肯定されてしまうのもそれはそれで怖ろしくて、結局、聞けずじまいだったのだという。

「これが、顛末のすべてです。長くなって、すみませんでした」

「いえ――」

私は答えて、ふぅむ、とうなった。

だからNさんの語る、障る怪談、は、女の幽霊の描写だけリアルだったというわけか。そこだけは、伝聞、ではなく、実際に自分が目の当たりにした光景、だとすれば納得もゆく。妙に生々しくなるのも当然だ。

それにしても、本当に聞くだけで祟られるとは。

返答に困り、私は院長机のアームチェアでそり返る。

「とりあえず、いまは問題なく、職場復帰できてるんですよね？」

「はい、どうにか」

「だったら、もう大丈夫です、と言うしか」

歯切れの悪い回答だったが、正直、そうとしか言いようがなかった。

あらためて読んだNさんのえねいとからも、不穏な気配はなにも感じ取れなかった。

たとえば、過去の事例のように、恐怖がトラウマになって自身のえねいとから、イメージの幽霊、が誕生してしまったのだとしても、すでにNさんがとり憑かれていない以上、今後なにかが起こる可能性はきわめて低い。

それはNさんも、本能的にさとっているのか、

「ありがとうございます。それが聞けただけで、安心です」

そう言って、ほっと息をついた。

私も私の推測を伝え、障る怪談、の危険性だけ念を押すと、言われるまでもなく、Nさんもこの怪談は封印し、二度とひとに語る気はないという。

「先生も、十分、注意してくださいね」

「ええ、了解です」

つけそえて帰ってゆくNさんを見送りながら、私は考えていた。

Nさんにはああ言ったものの、それでもやはり、不可解な部分は残る。

かりに、私の推測が正しかったとして、それならなぜ、怪談を聞いたものすべてを同時に、霊障が襲ったのか？　状況を聞くかぎり、トラウマになりかねないほど恐怖を感じたのも、Nさんだけのように思えるのに。とはいえ、確認が取れない以上、大もとの先輩とやらの言《げん》質《ち》はともかく、すくなくともNさんの同僚たちが、障る怪談、の影響をうけたのもたしかだ。

Nさんがおもしろ半分で嘘をつくようには、とても思えない。

ただの偶然、でかたづけるのは、あまりにも強引な気がした。

あるいは、怪談自体が、なにかしらの文言のパターンになっていて、集団催眠のような状態を作り出してしまったのか？

だがこれは、女の幽霊の説明になっても、病気や怪我の理由にはならない。

院の看板をおろし、自室にもどっても私の思考はつづいた。

夕食がわりのビールをながし込みながら、ぐるぐると脳は迷走する。そもそも初めからすべてが、思い込みによるNさんの妄想？　もしくは先輩が、悪意の念を飛ばしている？　考えても考えても、いっこうに答えは出なかった。考え込みすぎたせいか、しくり、と胃が痛んで苦笑いがこぼれた。

だとしても、これはもう、決着のついた症例だ。

手にあまることには、関わるな。

それはYさんの一件のとき、身に染みたはずではないか。

Nさんも怪談を封印すると言っていたし、霊障の仕組みがわかっている私には、影響がおよぶ心配もない。障る怪談、もこれで打ち止めだ。そう結論を出して、残りのビールを飲みほしてベッドにもぐり込んだ。

が、胃の激痛で目を覚ました深夜、私は信じがたいものを目撃する。

ベッドサイドに、女が立っていた。

検査着のようなスモックをまとって、ニタニタと笑いながら私を見おろしている。

血に濡れた黒髪はべっとりと顔半分にへばりつき、ふりまわしているのか、なにかをつかもうとしているのか、不自然に肘からねじ曲がった右腕だけが、ばたばたと暗闇で暴れていた。飛び散った血しぶきが、私の顔をぴちゃぴちゃと濡らす。

「ぐ、ぅ……！」

うめき声を漏らした私は、とっさに枕もとの守り石に手を伸ばした。

目を離したその一瞬に、女の姿は消えていた。

かわりに、耐えがたい腹痛と吐き気が私に襲いかかる。

タオルケットを跳ねのけ、私はトイレに駆け込んだ。便器を抱えて、胃の中身をすべてそこにぶちまける。

——どうして、あの女がここに？

茫然とトイレを出て、洗面所でくちをすすぎながら、戦慄した。

理論上、ありえない。かりにNさんが語った、女の幽霊、の姿が無意識下にすり込まれていたとしても、私は除霊整体師だ。えねいとをコントロールできる以上、自身で憑き物を生み出すなどあろうはずがない。

だが、あれはまごうことなく、障る怪談、に付帯する怨霊の姿だった。

「じゃあ、まさか本当に」

込みあげる不安を押し殺すように、私は首をふった。

大丈夫、これは私が寝ぼけて見た、ただの悪夢だ。その証拠に、覗き込んだ鏡のなかの私の顔には、女の飛ばした血痕のひとつもついていないではないか。……生霊の相手に、いわくつきの怪談話。このところ、想定外の案件がつづき、すこしばかりメンタルが疲弊していただけにちがいない。

そう自分に言い聞かせ、きりきりと痛む胃を押さえてベッドにもぐり込む。

そこからつづく霊障のことは、長くなるので後述にゆずるが、さらに数日後、私のもとにNさんから沈痛な声で一本の電話があった。

「ついに、死人が出ちゃいました、障る怪談」

Nさんの話によれば、離職した年かさの新人社員の胃癌は末期におよんでおり、リンパ節への転移も確認されたため、すでに手のほどこしようがなかったそうだ。入社時の健康診断では、異常はなかったのに、とNさんは声を詰まらせた。

「そう、ですか」

つぶやいて通話を切った私の胃も、しくり、とまた疼《うず》いた。

ぽつんと

二十代の女性患者・Iさんは、病院の認知病棟に勤務する、現役ナースだそうだ。

認知病棟、とは文字通り、徘徊や幻覚、攻撃的行動など、症状が進行した老人性認知症の方が入院する、介護療養型の医療施設で、言葉を選ばず言えば、患者さんを看取るための終身病院のひとつだ。

——なるほど、それで、か。

満面の笑みのお爺さんをつれてきたIさんに、私は妙に納得した。

「で、霊障ってのは?」

「そうですね、しいて言うと、腰痛、になるのかな?」

もちろんこれは、Iさん自身の症状だ。障る怪談、の一件以来、私のえねいとはうまくコントロールができなくなり、常時、憑き物がくっきり視える状態がつづいていた。厳密にはお爺さんも、Iさんがつれてきた、というより、Iさんに憑いてきた生霊、だ。断続的につづく胃痛も、市販の胃薬で強引に押さえ込んでいた。

――こうなると、もうどっちが施術家でどっちが患者か、わからねぇなぁ。

私は苦笑いして、カルテをチェックする。

老人の生霊はその間も、にやにやと品のない笑顔でIさんを見つめていた。その時点ですでにろくな予感はしなかったが、カルテの備考欄には、悪夢を見る、とある。施術を始めてIさんから出た告白は、さらになおなめ上をゆくおどろきのものだった。

「それで、カルテにあった、悪夢のことですが」

ひょこひょこ背後から覗き込んでくる老人をけん制しながら聞くと、うつぶせのまま、それなんですが、と声をくもらせるIさん。

「その、エッチする夢なんです。患者のお爺ちゃんと」

「……はぁ?」

瞬間、私のくちから、素っ頓狂な声が漏れた。

反射的にふり向くと老人は、にやり、とひと際、好色そうな笑みを浮かべた。

「エッチ、って、まさかとは思いますけど、この……いや、その患者のお爺さんに、もしかして好意を持ってるとか?」

「まさか、絶対にそれはありません!」

思わず尋ねると、Iさんは間髪入れずに否定した。

……まあ、そりゃそうだろうな。

歳の差なんて、とはいうものの、このふたりで恋愛関係が成立するとは考えづらい。淫魔、などという伝承は私も聞いたことくらいはあったが、それで得心がいった。つまり、これは生霊による老人のストーカーだ。

たしかに被害者のIさんにしてみれば、大迷惑な話だろう。相手が生身ならともかく、生霊では警察だって取り合ってはくれまい。

「思いすごしかもしれませんけど、どこに相談すればいいかわからなくて」

「でしょうねぇ」

答えた私に、Iさんは言いづらそうに告白をつづける。

Iさんが最初におかしな現象に遭遇したのは、夜勤で見まわり中のことだった。病棟の最上階の三階から見まわりを始め、一階までたどりつくと、受付ロビーのベンチに、ぽつん、とひと影が座っていた。

Iさんの勤務は認知病棟なのだから、急患というのも考えづらい。

一瞬、ぎくりとしたが、よく見るとそれは、Iさんが前任から担当を引きついだばかりの、入院中のお爺さんだった。

「ちょ、お爺ちゃん、こんな時間になにしてるの？」

おどろいたIさんは、あわててお爺さんにつれそって病室にもどった。

むろん、認知症で徘徊癖が酷い場合、夜間はやむをえず拘束措置がされる。だが、お爺ちゃんに、その報告はうけていない。さらに症状が進行して、勝手に出あるいてしまった可能性もなくはなかったが……。

「でも、だから認知病棟って、エレベーターもナンバーロック式だし、階段も閉鎖されてるんですよね。ひとりで一階に降りてこられるはずないのに……お爺ちゃん、どうやってロビーまできたのか、不思議でしかたなくて」

Iさんは翌日、思い切って看護師長に相談してみた。

が、ああ、とつぶやいた看護師長の返答は、

「そのお爺ちゃんのことは、いちいち報告しなくていいから」

という、そっけないものだった。

——え？　なんで、このお爺ちゃんのことだけ？

——こういうのって、病院の管理責任を問われるんじゃないの？

そう思ったIさんだったが、ふと、前任者の言葉を思い出した。考えてみれば、とくに退職も配置がえもあるわけでもないのに、引きつぎのタイミングも妙だった。気まずそうに眉をひそめた前任の看護師は、

「このお爺ちゃん、その……ちょっと、問題のある方だから」

と、引きつぎの最後につけくわえたという。

といっても、認知症の患者さんなら、多かれすくなかれ問題行動はある。わざわざつけそえられた注意に疑問を感じ、

「えっと、それって、どういう？」

「そのうちあなたも、嫌でもわかるわよ」

聞き返したIさんに、前任の看護師は頬を赤らめて顔をそむけた。

……もしかして、あれってこのことだったの？

幽体離脱？　瞬間移動？　Iさんはぞっとしたが、以降、お爺さんの深夜の徘徊もなく、日々のいそがしさにまぎれて、そのことは忘れてしまっていた。

そんなことがあって、数ヶ月——。

さすがにIさんも、お爺さんの自分に対する好意に気づき始めた。声かけや体調チェックの際にも、妙にボディータッチをしたがってくる。言動も意味不明だが、どうやら恋人に語りかけているつもり、のようだった。

「まあ、わたしたちの仕事って、そういうこともめずらしくないんですけど」

「はぁ、そういうもんですか」

私も相槌を打ったが、たしかにそうかもしれない。

おなじ男として、白衣の天使、というひびきに特別な思いを抱く気持ちもわからなくはなかったが、抱かれたほうとしてはいちいち取り合っていたら、仕事にはなるまい。そこは心得ているIさんも、お爺さんの神経を逆なでしない程度に、やんわりとあしらいながら、かわらず看護にはげんでいたそうだ。だが、そんなある日。

夜勤の見まわり中にまた、ぽつん、とお爺さんが一階ロビーのベンチに座っていた。まるでIさんを、待ち伏せでもするように。

「お、お爺ちゃん、駄目だって言ったでしょ？　勝手に出あるいちゃ」

Iさんは一瞬、ぞくりと寒気を覚えた。

とはいえ、職務である以上、お爺さんをそのまま放置しておくわけにもいかない。

しかたなく見まわりを中断し、またお爺さんをつれて、まっくらな廊下を病室めざして引き返していたが、道中、お爺さんがぶつぶつとなにかつぶやいている。

しん、と静まり返った、夜の病棟内のことだ。

聞くともなしに、耳をすませると、

「今夜、行くから、あんたの部屋、行くから……」

そう、お爺さんはくり返している。

さしものIさんも肝をひやし、お爺さんをベッドにもどすとそそくさと病室を出たが、そこからの見まわりには気も入らない。それでもどうにか巡回を終え、ナースステーションにもどったときには、深夜の二時をまわっていた。

……なんだか、嫌なもの見ちゃった気分だな。

老いてなおさかんな、ぎらぎらとむき出しな男のさが。

自分の仕事にはつきものなのは理解していても、やはりその対象にされるのは、気持ちのいいものではない。――すこし休んで、クールダウンしなきゃ。そう思ったIさんは、ちょうど自分の仮眠時間がきたこともあって、仮眠室のソファーで横になった。

が、その夢のなかに。

「予告通り、お爺さんがあらわれた、と」

「……はい」

あとは、カルテにあった通り。

さすがにはばかられたので、夢の詳細こそ聞かなかったが、それからIさんは慢性的な腰痛になやまされることになった。悪夢を見るたび、重く疼くような腰痛は酷くなり、心なしか性欲も増してきて、現実でも恋人にもとめる回数が増えてきたという。

「それで、ふと気づいたんです。ああ、きっと前任の先輩が担当を外れたのは、これが原因だったんだな、って」

「なんというか、そりゃまた、災難でしたねぇ」

うへぇ、と顔をしかめつつ、私は老人のほうを盗み見る。

老人はあいかわらず、にやにやと好色そうな笑みでIさんを見つめている。

これだけはっきり具現化するほど、えねいとを削って生霊を飛ばしているのだ。こうしている間も、老人の生体エネルギーは、目減りしているにちがいない。やっているのはゆるされない卑劣な行為でも、その精神力には舌をまいた。

――まあ、それももう、残りすくないだろうけどな。

自分の寿命を削り、超常現象まで引き起こして、身勝手な想いをとげようとする。

その執念に畏怖を覚えつつ、Iさんのえねいとから老人の念を引っぺがす。

ごきん、という重い手応えがあって、Iさんの開き切った骨盤が矯正された。と同時に、すぅっと、老人の生霊がかき消えてゆく。

「そういえば、お爺ちゃん、むかしはプレーボーイで鳴らしてたみたいだから」

最後に苦笑いしたIさんは、その後、再来院することはなかった。

お爺さんがどうなったのかは、私は知らない。

しゃっくり

視えすぎるようになった弊害は、ひょんなところで出たりもする。

たとえば、リラクゼーションがてら全身矯正で来院したDさんには、初見ですこしばかり間抜けなところを披露してしまった。

「ああ、おつれの方は、どうぞこちらへ……」

声をかけてふり向くと、そこにはDさんの姿しかない。不思議に思った私は、身をのり出してDさんの背後を確認する。院に入ってきたときは、たしか、葬式帰りかと思うほどまっ黒なスーツを着た男と、壮年男性のふたりづれだったのに。

「あれ、もうひとりの方は？」

「ええと、最初からひとりですが？」

噛み合わない会話に、訝しげに首をかしげるDさん。

言われて初めてそうだと気づき、私はあぜんとした。どうも最近、気のチューニング、というより、認識感覚、自体がずれ始めて、気配でさとっていても、憑き物を憑き物として認識できなくなってきている。

「すみません、勘ちがいしちゃいました」

私は愛想笑いでごまかし、Dさんに応接ソファーをすすめた。

さいわいDさんにも、私の奇行をあやしむそぶりは見られなかった。

ただ、やはり不思議なことに、通常なら患者さんによりそうなり、しがみつくなりしているはずの憑き物――この場合、黒スーツの男が、なぜかDさんのそばに見当たらない。どころか、さりげなく見まわしても、もう院のどこにも存在は感じ取れなかった。気だるげにソファーに腰かけたのは、とうのDさんだけだ。

……じゃあ、さっきのあれはなんだったんだ?

ふとそんな疑問が浮かんだが、思い直して問診に集中した。Dさんは、一般整体でやってきた患者さんだ。なにもとり憑いていないなら、それにこしたことはない。たぶん私が、通りがかりの雑霊かなにかを見まちがえたのだろう。

気を取り直して、Dさんを施術台までエスコートする。

リラクゼーション、とは言ったが、Dさんの問診カルテの備考欄には、肺癌、ステージ4、とあった。こういう仕事をしていると、たまにあることだが、Dさんは末期癌の影響で出る痛みやこりをやわらげにくる、緩和ケアの患者さんだった。

「じつはもう、余命宣告もされてるんですよ」

「へぇ、そうなんですか」

施術台で告げるDさんに、つとめて平常心で応対する。

こういう場合、妙な感傷は、逆に患者さんに対して失礼だ。

「最近は、とくに肩こりが酷くて」

あっけらかんと言うDさんのリクエストに応えて、施術は肩まわりを中心に組み立てた。

その対応を気に入ってくれたのか、Dさんはたびたび院を訪れてくれるようになり、なじみの患者さんになっていった。

そして、そんなある日。

「なんだか、きのうから止まらないんだよね、しゃっくり……」

土気色の顔で来院したDさんに、私は愕然とした。

厳密には、Dさんの背後によりそっている、黒スーツの男を見て、だ。

「しゃっくりって、三日つづくと死んじゃうんでしょ?」

「あはは、都市伝説ですよ、そんなの」

私は笑顔で答えたが、たしかにそういうケースも実際にあった。正確には、しゃっくりが止まらないと死ぬ、ではなく、末期の肺癌で死期が近づくと、横隔膜が痙攣《けいれん》してしゃっくりが止まらなくなる、ではあったが。

「もしかすると、ここにくるのも、これが最後かな」

「やめてください、縁起でもない」

「いままでありがとね、先生」

力なく笑うDさんの背中のこりは、どうしても落ちてくれなかった。

私は汗みどろになりながら、必死にDさんの施術をつづける。

黒スーツの男は施術台の向こうから、ずっと無表情でそんな私とDさんを見つめている。

既定の六十分がすぎても、その日の私は施術をやめなかった。せめて背中のこりだけでも、Dさんから取りのぞいてあげたかった。でも、いっこうにこわばった背筋群はゆるまない。

私は白衣の肩で頬の汗をぬぐい、くそ、とつぶやく。

と、そこで初めて、能面のような黒スーツの男のくちの端がつりあがった。

「……だめだめ」

そのくちの裂け目からこぼれた言葉で、私は手を止めた。

それから数日後、Dさんのご遺族から院に電話がかかってきた。Dさんはあまり苦しんだ様子もなく、ご自宅で息を引き取ったそうだ。

もしかするとあれは、死神、と呼ばれる存在だったのだろうか。

霊障ダイエット

嫌な予感というのは、得てして的中するものだ。

私の場合は、いつものように仕事を終え自室にもどり、もう習慣となった胃薬をビールでながし込みかけたところで、それは起こった。

耐えがたい胃痛と、激しい嘔吐感。忘れかけていた、というより、むりやり忘れようとしていた、あのとき――。障る怪談、による体調不良、その先ぶれのようにあらわれた、肘のねじ曲がった女の亡霊、を目撃したあの夜と、まったくおなじ状況だ。

思わずビールの缶を放り出し、トイレに飛び込み便器を抱える。

便器のなかが、吐血でまっ赤に染まった。

あわを食って駆け込んだ緊急病院で、多発性胃潰瘍、と診断された。いつの間にか胃壁の筋膜層まで達していたふかい穴は、大小合わせて五個ほど雁首をそろえ、私の胃を内側から引っかきまわしていたらしい。

「ふつう、こんなにいっぺんに開かないもんだけどねぇ」

私を診察してくれた医者は、胃カメラの映像をながめながら首をかしげた。

どうして、もっとはやくこなかったの？　そう投げかけられた質問に、いろいろいそがしかったもので、としか私は答えられなかった。よもや医者相手に、霊障を認めたくなかったから、などとは申告できまい。

「じゃあ、すぐベッドの手配するから、このまま緊急入院ね」

「……はい」

私は観念して、小さくうなずいた。

ベッドの準備が整うまでの間、許可をもらって一本だけ電話をかけると、案内されるまま深夜の病室に移動する。


そんな入院中のある日、病室に師匠がひょっこり顔を出した。

師匠はあきれ顔で苦笑いすると、すたすたと私のベッドに近づいてくる。

「まぁた、変なことに首つっこんで」

どこか調子っぱずれな、ひやかすようなイントネーション。

そのとき私はまだ点滴でつながれていて、トイレに行くにも、がらがらと点滴を引っぱって行かなければいけない状態だった。いまどき胃潰瘍は、悪性でもないかぎり、たいがいは点滴と投薬、そして絶食で処置される。チューブからながし込まれる、胃の動きを止める薬やブドウ糖のおかげで腹こそすかないが、まるふつかの断食で体も重く、動くのも億劫だったので、横になったまま応対した。

「ひさしぶりっすね、師匠」

「まったくだよ、こうなるまで電話一本よこさないで」

けらけらと笑って、師匠はベッドサイドのまるイスに腰かけた。

実際、見事にしっぺ返しを食らったYさんの一件から、ばつが悪くて師匠への連絡はさけていた。直接会って話をするのは、本当にひさびさだった。

とはいえ、わざわざ緊急入院のことを知らせたのは、旧交をあたためたかったわけでも、詫びを入れたかったわけでもない。Nさんに霊障を起こし、私をここまで追い込んだ、障る怪談、の見解を聞きたかったのだ。

「で、今度はなにがあったの?」

「ええ、じつは――」

そこは察しのいい師匠のことで、話はスムーズにすすんだ。私は怪談の詳細はさけ、順を追って、Nさんの症例、私の推測、さらに、私自身の体験、を話した。むろん、肘がねじ曲がった女の幽霊、のこともふくめて。

師匠はひと通りの説明を聞き終えると、うぅん、とひとうなりした。

「その、障る怪談、自体がわからないと、なんとも言えないねぇ」

「聞いてみますか？」

「いや、遠慮しておく」

即答する師匠に、私も苦笑いを返す。

冗談めかして言ってはいるが、それが師匠の本心だろう。

無用な危険に不用意に深入りするのは、やはりほめられた話ではない。

ただ、とまえ置きして、師匠はつづける。

「いまのあなたの状態は、気功整体で、偏差、っていうの」

「……へんさ？」

「そう、簡単に言うと、気が暴発した状態、かな」

こともなげに師匠のくちから出た言葉で、私は混乱した。

白状すれば、いまでも理解がおよんでいるわけではなく、ニュアンスで伝えると、丹田
——ここで言う丹田とは、一般的に連想する下腹の下丹田だけでなく、頭頂部の上丹田、心臓あたりにある中丹田、の総称のことだ——という、気を放出する門、のようなものが開きっぱなしになって、つねに気がたれながし、だったらしい。

厳密に言えば、気功を除霊整体に応用しているにすぎない、気功整体師としては、にわかもいいところの私では把握のしようもなかったが、さらに私の置かれた状態を、暴走した気に身体が蝕まれる、走火《そうか》、幻覚や幻聴に襲われる、入魔《にゅうま》、と呼ぶそうだ。

「幻覚、ですか」

「そ、ありもしないものとか、よけいなものが見えちゃう、あれね」

「ああ――」

私はそれで、妙に納得した。

たしかに入院してからこっち、私の目には、よけいなもの、ばかり見えている。

病室のすみには、たまに見知らぬ男の子が立っているし、夜中のトイレには、頭が半分欠けた中年男が入ってきたりする。ゆうべも寝ている私を、髪の長い女性が、カーテンと天井の隙間から覗き込んできた。

「じゃあ、あの肘がねじれた女の幽霊も……」

「さあ、それはどうだろう?」

師匠は言ったが、私の思考は例によってまた迷走を始めた。

偶然なのか、意図的なのかはわからない。だがやはり、障る怪談、にはなにか符丁のようなものが仕込まれていて、聞いたものすべてを、その、偏差、という状態に陥らせる効果があるのではないか？

当然、Nさんもその同僚も、気功鍛錬などしていない。

しかし、元来、生物の体には気がながれている。だからこそ外部から気を送り込んで、えねいとを操作することもできるのだ。

もし、怪談を聞いたことで強制的に丹田がこじ開けられて、幻覚が見えたり、体調トラブルにみまわれたりするのだとしたら？ Nさんが見た女の幽霊も、じつは幻覚で、錯乱したNさん自身が、棚を引きたおして下敷きになったのだとしたら？

そう考えれば、一応、つじつまは合う。

それに、私自身、あの夜の女は、幻覚だったような気もしていた。

なぜなら、あれだけはっきり見えたにもかかわらず、あの女からは、えねいとの気配をいっさい感じなかったからだ。

たとえるなら、テレビや映画のホラーを見ているような。

ゲームかなにかで、ヴァーチャル映像を体感しているような。

見た目のおぞましさとはうらはらに、そんなそらぞらしさを、なぜかあの女には感じた。

病院をさまよっている連中や、私がいままで関わってきた憑き物とは、どこか一線を画した存在のようにも思われた。

――だとしたら、この症例は……。

なにかつかみかけたところで、しくり、と動きを止めているはずの胃が痛んだ。

師匠はまた、あきれたように笑うと、

「ま、時間だけはあるんだから、ゆっくり考えなさい」

そう言って席を立った。

偏差、自体は、意識をしっかり持って気のコントロールを心がければ、そのうち自然におさまってくれるだろう、とのことだった。

病室を去ってゆく背中に私が礼を言うと、肩越しにかるく手をふって、師匠の姿は見えなくなった。が、あっ、そうだ、と声がすると、ひょっこり顔だけ覗かせて、師匠はふたたび私に話しかけてくる。

「ただし、入魔のほうは、精神面に悪影響をおよぼすことがあるから」

「……悪影響？」

「うん、だから、そこは気をつけるように」

それだけ告げて、今度こそ師匠は去っていった。

さらっと言いわたされたこともあって、そのときの私はまだ気づいていなかった。

悪影響、という言葉の意味が持つ、本当の怖ろしさに。

緊急入院から十日がすぎて、私は無事に退院した。

……無事？　いや、これを無事と言えるのだろうか？

胃潰瘍こそ順調に回復していたが、体重は激減し、神経だけが異様に疲弊している。体調は最悪、というより、むしろ気が暴発しているおかげか絶好調で、もんもんとしたメンタルとのバランスが取れずに、困惑している感じだ。

すでに食事も解禁されていたが、体がうけつけなかった。

さらに最悪なことに、病院からついてきた残留思念たちが、自室といわず院といわず、ところかまわず闊歩していた。

トイレのドアを開けると、いきなり頭の欠けたオヤジが立っている。

風呂で頭を洗ってふと目を開けると、鼻先で見知らぬ女がじっと見つめている。

そんなことがつづいて、私の精神はどんどんまいっていった。が、体だけはつねに興奮状態にあって、脳内物質が過剰分泌されている。

セロトニン、アドレナリン、ノルアドレナリン。

多幸感や怒りが交互にわきあがって、また神経が削られてゆく。

——これが、偏差、ってやつか？

どうにか仕事はこなしているものの、今度は引っぺがした憑き物まで、私の院に居座るようになってきた。

体重もさらに落ち、完全に悪循環のスパイラルに陥っていた。

そのせいか、気づくと守り石に、白いにごりのようなものが出始めていた。

浄化してもらおうと師匠の院を訪ねると、

「それはかまわないけど、あなた、本当に大丈夫？」

めずらしく神妙に眉をひそめて、師匠が私の顔を覗き込んできた。

私は首をかしげ、力なく苦笑いを返す。

「さあ、どうなんですかね」

「どうなんですかね、って……しばらく仕事は休んだら？」

「そういうわけにも、いかんでしょ」

なぜかそのときの私は、頑なにそう思い込んでいた。

患者さんの要望に応え、感謝してもらう。

すべてを病魔のせいにするつもりもないが、病み始めていた私の精神は、かつてのヒロイズムともちがう、うす暗い身勝手な感情に支配され始めていた。よろこびを覚えていた、といってもさしつかえない。

師匠は私から守り石をうけ取ると、ため息まじりに忠告する。

「なら、好きにすればいいけど、あんまり暴走するようだと、あなたの丹田を強制的に閉じるしかなくなるからね。……あと、守り石の浄化にはすこし時間がかかるから、これは一旦、ぼくがあずからせてもらうよ」

「……はい」

私は答え、おぼつかない足取りで師匠の院をあとにした。

それからの数日間は、なにごともなくすぎていった。

といっても、私が正常にもどったわけではなく、精神状態は輪をかけて不安定になり、体重の減少にも拍車がかかっていた。

あいかわらず院内には、憑き物たちが闊歩し、おばけ屋敷のような状況だった。ただ、その環境にも慣れてきて、気にしなくなっていた。患者さんのまえでは、そいつらを無視すればいいだけのことだ。

痩せ衰えた私の姿に、患者さんも無邪気によろこんでくれた。

「先生、最近、痩せましたよね？」

「ええ、ちょっと、ダイエットしてるもんで」

「へぇ、じゃあ、わたしもやってみようかな？　今度、ダイエットコースみたいなの、作ってもらえません？」

施術中の会話も、どこかちぐはぐだった。

……ひとの苦労も知らないで。

という気持ちと、

――よろこんでくれるなら、やってみようか？

という感情が、交互にやってきた。

頭がぼうっとして、なにがよくて悪いのかがわからなくなってくる。

私とおなじ状況になりたいって？　それなら、話は簡単だ。丹田をこじ開けて、偏差、の状態にしてしまえばいいのだ。

でも、どうやって、丹田をこじ開ける？

そうだ、障る怪談、を聞かせてやればいいのだ。

だが、それだけでは、ひねりがない。意図的に骨格をゆがめて、えねいとも弱らせてやったらどうだ？　さいわいにも、いま、私の院には憑き物があふれている。ひとりにつき一体でもつれて帰ってもらえれば、私も騒がしくなって、一石二鳥ではないか。ほら、あっちの上半身だけの女の子なんて、愛らしくてこの患者さんにぴったりだ。

……なるほど、霊障ダイエット、ね。

私はにっこりほほえむと、

「わかりました、それじゃあ、考えておきますね」

と、気軽に答えた。

施術を終えて患者さんを送り出すと、さっそくプランの作成にかかった。

院長机のパソコンに向かい、文章ソフトを立ちあげる。

カタカタ、カタカタカタ。

思いつくまま、一心不乱に施術プランを書きつけた。やがて陽がかたむき始め、院のドアチャイムが鳴った。が、めんどうなので無視をした。……なにしろ、私はいそがしい。患者さんの要望に応え、感謝してもらわなければいけないのだ。

また、ドアチャイム。

——無視。

三度目のドアチャイム、無視。

「あなた、さっきからなにやってるの？」

ふいにかけられた声で顔をあげると、師匠が立っていた。

どうやら鍵をかけ忘れたまま、私はダイエットプランに没頭していたようだ。

「あれ、師匠？」

「師匠、じゃないよ、ちょっとそこどいて！」

師匠は私を押しのけると、パソコンの施術プランに目を走らせる。

私は目をしばたかせながら、そんな師匠をながめている。もしかして、なにかアドバイスでももらえるのだろうか？

だとすれば、こっちは大助かりだ。

だが、師匠は読み終えて血相をかえると、

「……もしこんなことしたら、ぼくはあなたを破門するよ」

そう言って私の胸ぐらをつかんで、施術台に向かって放り出した。

あとは有無を言わさず、師匠の施術が始まった。

師匠は、ぱん、と手を打ち鳴らし、しゃかしゃかとすり合わせると、両手のひらを私の背中の中丹田のあたりに当てた。

すぅ、っと気が吸い取られる感覚があって、いっきに体の力が抜ける。と同時に、全身の関節という関節がめきめき悲鳴をあげ、私はうめきを漏らして施術台にたおれ込んだ。思考もだんだんクリアーになって、意識がはっきりしてくる。

「師、匠、おれはなにを？」

「いいから、すこしだまってて！」

骨盤、胸椎、頸椎、しまいには頭蓋骨まで。

丹田に関連していると思われる部位を、師匠は立てつづけに矯正していった。

施術が終わると、師匠は私を引き起こし、

「悪いけど、丹田を絞らせてもらったよ。反動が大きいから、こんなことしたくなかったんだけど、自業自得。反省しなさい」

そう告げて、浄化の終わった守り石を私に手わたした。

わざわざこれを届けにきてくれたところで、暴走状態でパソコンに向かう私を見つけ、緊急施術にふみ切った、ということだった。

「すんません、よけいな手間までかけさせて」

「ま、それはいいよ。そのかわり、しばらく体中が痛むだろうから、覚悟してね」

「はい……」

師匠の予告通り、不自然な状態で酷使されつづけていた私の体は、いたるところにこまごまとしたトラブルが発生していた。数週間にわたって、酷い筋肉痛のような状態がつづいたが、患者さんを危険にさらしかけた代償として、あまんじてうけ入れた。私の気の暴発もそれでどうにかおさまり、ようやくいつもの日常が返ってきた。

浄化した守り石の効果か、院の憑き物たちもじょじょに離れていった。

後日――。

結局、霊障ダイエットから、ただの骨盤ダイエットに方向変換したダイエットコースは、それでも患者さんには好評で、私の院の看板メニューのひとつになった。私も満足して、よりいっそう仕事にはげんだ。

「ほら、見て？　おかげで最近、すこし体重が落ちてきたの」

「そうですか、そりゃよかった」

反響の声に、私はあらためて、よろこびを噛みしめる。

……患者さんに感謝されるこの快感を、捨てられなどするものか。

痛いんだよ

痛いんだよ、そう背後で声がした瞬間、私の背中から首すじにかけて激痛が奔った。

ことの発端は、前日の夜。飛び込みの中年男性・Ｆさんの急性腰痛、いわゆる、ぎっくり腰の施術を引きうけたことだった。

「仕事中にこう、ぐきっ！　てさ――」

大げさな身ぶりをつけて説明するＦさんだったが、よく視ると腰から下に、生白い顔の男の子がしがみついている。どこで拾ってきたのか、小学二、三年生くらいの男の子は、黒目がちのうらめしそうな目で、じっと私を見あげてきた。

「ああ、これならすぐに、どうにかできると思いますよ」

「え、ほんとに？」

営業スマイルで答える私に、おどろいた様子でＦさんは目を見開く。

施術自体は、さほどむずかしいものではなかった。

とくに強い意思も因縁も感じさせない男の子は、ただ通りすがりにＦさんにとり憑いただけのようで、除霊整体で簡単に引っぺがせた。Fさんのぎっくり腰自体も、よくある腰椎のずれが原因で、矯正だけで痛みもほぼ取りのぞけた。

「ほぉ、こりゃたいしたもんだ」

施術が終わって、腰まわりの具合をチェックするFさん。

どうです、すごいでしょ？　これが気功整体です。あとはいつも通りそう告げて、ひと仕事終了、のはずだった——のだが、そこで最初の手ちがいが起こった。いまでもなぜそうしたのか記憶が曖昧だが、どういうわけか、この日の私は聞かれてもいない霊障のことを、ぺらぺらと解説してしまったのだ。

「男の子、って、俺の腰に？」

「そうですね、こぉんな感じで、ぎゅっと」

「……まじでかよ」

ふつう、腰痛で訪れた整体院でこんな説明が始まれば、あやしまれて当然だ。

けれど、Fさんは笑うでも怒るでもなく、しきりに感心し始めた。どこかおかしな、物の怪にでも化かされているような、違和感のあるながれ。この時点でそこに気づけば、あんな事態はさけられたのかもしれない。

だが、このときの私の意識は、やはりどこかピントがずれていた。

「そういうことなら、ちょっと相談があるんだけどさ？」

「ええ、いいっすよ」

ずいっと身をのり出してくるFさんに、気やすく答えを返す。

これが、ふたつ目のまちがい。

みっつ目のまちがいはなにより、くちぐるまにのって、Fさんのお父さんの出張整体を請け負ってしまったことだ。Fさんによれば、お父さんは長年、酷い肩こりになやまされていて、なにをしても改善しない。もしかすると霊障かもしれないから、ぜひ一度、診てもらえないか？　ということだった。

「わかりました、おやすいご用です」

そうして日づけがかわり、指定されたその夜、私はメモの住所を訪れた。

が、そこにあったのは家どころか、宅地ですらない。

「な、んだ……これ？」

目のまえに広がっていたのは、墓地だった。

正確に言えば、住宅街の外れにある寺の裏手に、整然とならぶ墓石たちの群れが、ひっそりと静かに横たわっている。

面食らってもう一度、メモの住所とスマホのナビを見くらべた。やはり地図的にも、ここが指示された場所でまちがいない。一緒に走り書きされた番号にあわてて電話をかけてみても、まったく別人の携帯につながるだけだった。

「どうなってんだ、いったい」

ぼやいた私は、あらためて周囲を見まわしてみる。

と、いきなり背後で、なにかの気配がふくらんだ。そして——。


「……痛いんだよ」


耳のすぐうしろから、しわがれた声がした。

瞬間、背中から首すじにかけて激痛が奔り、肩越しにふり返ると、顔のすぐ横に老人の顔があった。おばりよん、おいがかり、おんぶおばけ。おさないころ聞き齧《かじ》ったそんな妖怪の名が、頭に浮かんでは消えてゆく。近すぎてうまく確認できなかったが、ちょうどあんなふうに、いきなりお爺さんが、私の背中におぶさってきた感じだった。

「くっそ、離しやがれ……！」

びりびりと脳天につき抜けるような痛みに、思わずうめきが漏れた。

守り石で一撃食らわせてやろうとしたが、痺《しび》れのせいで思うように体が動かない。とっさに握っていたスマホで、師匠に助けをもとめる。

「わかった、すぐ行くから待ってて」

気のせいか、師匠の声はすこし苦しげだったが、そう告げて通話が切れた。その場にへたり込んで、小一時間くらい経ったろうか？　車で駆けつけてくれた師匠は、その場で老人の憑き物を引っぺがしてくれた。

夜の墓地での、緊急施術。

あまりぞっとしない光景だったが、それでどうにかひと息つけた。

「すんません、助かりました……」

「そんなことより、誰かに見つかるまえに、とっとと逃げるよ」

それはたしかに、そうだった。

墓場とはいえ、状況的にこれは不法侵入だ。

とりあえず、院まで送ってくれるという言葉にあまえて、師匠の軽自動車の助手席にふらふらとのり込む。

念のために探ってみたが、老人の気配はもう周囲から消えていた。

物の怪、だかなんだか知らないが、さんざんな目にあった。

私のくちから、思わず自嘲の苦笑がこぼれる。

そういえば、テレポートする老人ストーカーだの、死神だの、ここのところ妙に、オカルトじみた連中に好かれているような気がした。

――ちょうどいい、師匠に相談でもしてみるか。

また、あきれられちまうかな？　帰りの車中、そんなことを考えながら、一部始終の顛末を師匠にうちあけた。ところが、だまって話を聞き終えた師匠は、それ、ちょっとまずいかもね、とぽつりとつぶやいてつづけた。

「あなた、さっきから自分で話してて、気づかない？」

「気づく、って、なにをっすか？」

「テレポートとか、死神とか、あなたそんなにオカルト信者だったっけ？」

「……え？」

やや間があって、私はぎくりとした。

言われてようやく、最近の自分のピントのずれ方を自覚した。

いつから私は、考えること、を放棄していた？

たしかにはたから見れば、気功整体もスピリチュアルなものかもしれない。しかし、そこに霊魂や神はいない。純然とした、理論が存在するだけだ。ただ漠然と心霊論や超常論をとなえるオカルトとは、似て非なるものだ。

老人がテレポートするなら、そこにどんな仕組みがあるのか？

死神が特殊な憑き物なら、そこにどんな法則があるのか？

それをひとつひとつ考察し、対処の方法を探る。

答えが出るにしろ出ないにしろ、それこそ、除霊整体師のあるべき姿ではなかったのか？

なのに、このところの私は、目のまえの現象、を、なんの疑問も持たずにうけ入れすぎていた。ただただ、奇妙な症状を奇妙な症状、として、たんたんと施術をこなしていただけだ。

今夜のことにしたって、かつての私なら、物の怪に化かされた、などという抽象的な言葉で、かたづけたりはしなかったはずだ。

「師匠、これって……」

得体のしれない不安にとらわれて、私は師匠を盗み見る。師匠はハンドルを握ったまま、そろり、とひや汗まじりに答えた。

「もしかしてあなた、あっち側に、意識が引っぱられ始めてない？」

「あっち側？」

「そ、憑き物の側に、ってこと」

それはすなわち、人間としての思考の停止を意味していた。

除霊整体において、憑き物とは負のエネルギー体だ。

つき詰めれば、記憶、というただのデータだ。

だからこそ、憑き物は複雑な思考はしない。生前の欲求や衝動にそって行動した結果、人間に害をおよぼしてしまうだけだ。

でももし、憑き物に関わりすぎて、知らずに影響をうけていたのだとしたら。

もし、肉体を持ったまま、精神だけその領域に入ってしまったら。

「……やめてくださいよ、ゾンビじゃあるまいし」

「まあ、考えすぎかもしれないし、これも偏差の影響かもしれないけどね」

「つまり、霊障、ってことですか？」

「そうかもしれないし、そうじゃないかもしれない。どっちにしろ、ぼくはしばらくいそがしくなるから、自分の身は自分で守るようにね」

私を院のまえにおろすと、師匠はそう言い残して去っていった。

老人からうけた霊障で、まだ頭と背中はじくじくと疼《うず》いていたが、私の体の奥底には冷え切った感情とは逆の、高揚感のようなものがくすぶっていた。たしかにこれは、偏差、に蝕まれていた、あのときとおなじ感覚だ。

……そういや、師匠の様子も、すこしおかしかったな。

遠ざかるテールランプを見送る私の脳裏に、ふとべつの不安がよぎる。

かりに師匠の予測通り、これも、偏差、の影響だとすれば、確実に原因となったのは、障る怪談、だ。だとすれば、私の霊障ダイエットのプランを読んでしまった師匠も、障る怪談の霊障をうけている可能性はあるのだが……。

後日、あらためて確認してみると、カルテに残されていたFさんの住所も電話番号も、すべてデタラメだった。

結局、Ｆさんの正体と目的は、いまでもわかっていない。

そしてその日から、師匠と連絡が取れなくなった。

Chapter 04

結のカルテ

怨がえし

ここのところずっと、体調がすぐれない。

ぶり返した霊障のせいか、原因不明の微熱がなん日もつづき、背中といわず首といわず、ぎしぎしと軋むような鈍痛が絡んで、全身の関節が悲鳴をあげている。

師匠とも、依然、連絡はつかないままだった。

電話はおろか、メールの返信すらない。

胸騒ぎがして院を覗いても、看板は出されておらず、入口のドアには、しばらく休業、というぶっきらぼうな張り紙がしてあった。自宅も訪ねてみたが、マンションの部屋のなかにひとの気配は感じ取れず、すごすごと退散するしかなかった。私は私で、どうにか自分の院の仕事をこなすのがやっとの状態で、それ以上の詮索は断念した。

やはり師匠にも、障る怪談、の影響が——。

込みあげる焦燥感と疑念に、私は院長机でびんぼうゆすりをくり返す。

まだ思考こそはっきりしていたが、すこしでも気のコントロールをおこたると、いつまた、あっち側、に取り込まれるかわからなかった。破滅へのカウントダウンは、静かに、しかし確実にきざまれていた。

やすっぽいヒロイズムから始まったこの自己満足の物語も、もうすぐ終局を迎えようとしていた、そんな週末の夜。

「……あの、すんません」

突然、RくんとEさんがつれだって顔を見せた。

いかるおとこ、と、ころぶおんな、の霊障カップルだ。

「こりゃまた、おそろいで。急にどうしたの？」

「いえ、その、姉ちゃんのこと、あざっした。あれから調子もよさそうで」

「ああ……」

ひや汗まじりに答えて、ぶるりと身ぶるいが出た。

今度は右目の痛みまでぶり返した気がして、思わず言葉をにごす。報われようもない実弟への恋慕から、その恋人を祟り殺そうとする姉——Rくんには、もちろんYさんのことは伝えていない。金輪際、関与する気もなかったし、本音を言えば、こんなときだからこそ、関わり合いになりたくない人物でもあった。

——まいったな、なのに、どうしてこのタイミングで。

体調さえよければ、というわけでもないが、考えうるかぎり最悪のタイミングだ。

もう、邪魔なんかしないでくださいね。

くすくす、くすくすくす。

ふっとよみがえる、Yさんの囁きと含み笑い。

このままふたりを締め出したい衝動にかられて、すんでのところで踏み止まった。考えごとに没頭して、看板をさげ忘れたのは私だ。言いわけをつけて追い返すにしろ、こうなった以上、話くらいは聞かざるを得まい。

「Eさんも、元気そうでよかった」

「はい、おかげさまで」

「まあ、せっかくだし、お茶でも飲んでったら？」

「じゃあ、ちょっとだけ」

観念して応接ソファーをすすめると、ふたりは顔を見合わせ、小さくうなずき合った。私はひそかにため息をついて、すれちがいざま、抜け目なくその背中を観察する。

大丈夫、まだEさんに、Yさんの生霊はとり憑いていない。

Rくんの首にはあいかわらず念の首輪がついていたが、それだってもう、私には関係のないことだ。本人に自覚がないなら、それはなにもないのとおなじだ。師匠の教訓ではなかったが、これ以上いらぬおせっかいで、自分の首を絞めるのはごめんだった。どのみちいまの状態で、Yさんの念の相手は荷が重すぎる。

万が一、再除霊、という話なら、悪いがほかを当たってもらおう。

そう決心して視線をもどした瞬間、ふと気がついた。いままでRくんの陰に隠れていた、もうひとりの女の子――いや、女の子の憑き物、に。

「おっと、こいつは……」

「ん？ なにかありましたか？」

「――いや、なにも？」

あわててごまかす私の横を、女の子は、けんけんしながら通りすぎていった。

女の子には、右足しかなかったのだ。左足は膝下から、むしり取られたようになくなってしまっていた。飛び跳ねるたび、断面からたれさがるすじや皮膚をぶらつかせて、よりそうようにRくんのあとをついてゆく。

おどろいた、というより、とっさのことで混乱した。

ぼうっと熱でうかされた頭に、のろのろと情報が追いついてくる。

小柄で活発そうな、制服姿の少女。どこか勝気なその面影は、おぼろげな記憶の片すみに引っかかっていた。かつてYさんの念に侵食されて、強制的に追体験した過去。ヘルメット越しではあったが、たしかにそこで見た憶えがある。凄惨なバイク事故の現場で息絶えた、あの血だまりのなかの女の子だ。

ひょっとして……Rくんのモトカノさん、か？

ようやく思い当たってふり向くと、女の子の姿は消えていた。応接ソファーには、RくんとEさんが、仲睦まじそうに座っているだけだ。

——じゃあ、幻覚、だったのか？

一瞬、これも偏差の影響かと思ったが、そんなことはない。

あらためて集中し直すと、まだ院のどこかに、気配は確実にある。

だとすると、今度こそ本当に、Rくんはモトカノさんにとり憑かれたというのか？ まったく、どうしてこう、つぎからつぎへと……。心のなかで、そんな愚痴がこぼれた。彼の境遇には同情するが、たびたびまき込まれるこっちも堪ったものではない。やはりここは、さっさと用件を聞いて、早々にお引き取り願うのが正解だ。そう思いながら、キッチンスペースのアコーディオンカーテンを引き開ける。

と、目のまえに、うつむき加減のモトカノさんが立っていた。

「う、おっ……！」

三白眼ぎみの意志の強そうな瞳が、私のあご下あたりからじっと見あげてくる。

ふいをつかれた私のくちから、思わず素っ頓狂な声が漏れた。それに反応したRくんが、応接ソファーからひょいと身をのり出してくる。

「どうかしたんすか、先生?」

「なんでもない、気にしなくていいよ。すぐに淹れるから、お茶」

もう、さっぱりわけがわからなかった。

お茶の準備をしている間も、モトカノさんはずっと私を観察しつづける。

チカ、っと、うす暗い蛍光灯が頭上でまたたいた。

シンクにガス台、そこに小さな洗濯機を押し込めばパンパンになる、せま苦しいスペースでのことだ。必然的にモトカノさんは、へばりつくように私のかたわらによりそってくる。

悪意こそ感じないが、どうにもやりづらい。

――まさか、つぎはおれに憑くつもりじゃないだろうな?

そんな疑念が浮かんで、あぶら汗がにじみ出た。

どっと憔悴感も増して、さらに熱もあがってきたような気すらする。

モトカノさんの意図が、私にはよく読み取れなかった。くり返しになるが、残留思念である憑き物に、複雑な思考は存在しない……はずだ。たとえば生前、怨みなり好意なりを誰かに抱いていれば、ただ単純に、その人物にとり憑いて本懐をとげようとする。その対象が無差別であることもあるし、もっと反射的な欲求であることもある。ただ、どの霊障のケースでも、根本はかわらない。ぞくに、未練、と呼ばれる行動原理。

むろん、Yさんのように、生霊、であるなら話はべつだ。

だがモトカノさんは、すでに亡くなっている。

……いや、Yさんに祟り殺されて、しまっている。

だとすれば単純に考えて、未練、はYさんへの怨みの念のはずだ。よしんばそこに気づいていなくても、対象になるなら、Rくんだろう。

生者とちがって、死者はやきもちなど焼かないし、嫉妬もしない。

Eさんや私が対象になる確率は、そうとう低いはずだ。

「ごめん、お待たせ」

が、モトカノさんの奇妙な観察は、お茶を出してからもつづいた。当然、Rくんのそばにもどると思っていた彼女は、ぴょんぴょんときように片足で飛び跳ねながら、院長机の私の隣に陣取ってしまった。まるで品定めでもするように覗き込んで、今度はアームチェアの私をじぃっと頭上から見おろしてくる。

「それで、今日はどんな用件かな?」

正直に言えば、もうそれもどうでもよかった。

とにかく、はやくこの子をつれて帰ってくれ。モトカノさんの視線の圧に耐えかねて、それだけを考えていた。

しかし、その状況もつぎのRくんたちの言葉で一変する。

「あ、それなんすけど、俺たちよりをもどしまして」

「今日は、そのご報告とお礼に……」

照れ臭そうに頭を掻くRくんと、頬をそめてほほえむEさん。

まあ、それは言われなくても、見ればわかった。

ただ、この報告をきっかけに、食い入るように私に刺さっていた視線の圧が消えた。おや、っと思って横目で確認すると、モトカノさんの顔が、ふたりのほうに向けられている。

気のせいか表情も、ふっとやわらいだように見えた。

「あの、どうしたんすか？　さっきから、なんか変っすよ」

「や、べつに？　先をつづけて」

うながすと、不審がりながらも、Rくんはのろけ話をつづける。

結局、あれからよく話し合ったふたりの交際は、私の予想通りすぐに再開したらしい。そしてその条件となったのが、とばっちりで迷惑をかけた私と、あらぬ疑いをかけてしまったモトカノさんへの報告とお礼、だったという。言い出したのは意外にも、常識人のEさんではなくRくんのほうだというから、おどろきだった。

モトカノさんのお墓の場所は、Rくんが知っていた。事故当時、しぶるモトカノさんのご両親に土下座して、教えてもらったのだそうだ。

それからふたりでプランを練って、満を持して今日。

つまり、Rくんがバイクで事故を起こし、モトカノさんの命日となってしまったこの日に、ふたりはモトカノさんのお墓参りに出かけた。ふたりで墓前に手を合わせ、Eさんは自己紹介とRくんへの想いを、Rくんは先延ばしになっていた謝罪と、再スタートしたEさんとの交際を報告したのだという。

「これで、あいつも納得してくれるといいんすけど」

そう言ってはにかむRくんだったが、そこは心配ないだろう。

私の隣のモトカノさんも、いつの間にかいつくしむようなほほえみを浮かべて、RくんとEさんを見守っている。

——ようするに、おれへの報告は、ついで、ってことか。

苦笑いと同時に、ほっと安堵の息が漏れた。

あらたなやっかいごとの種、は、どうやら私の杞憂に終わったらしい。

モトカノさんが私を観察した理由にも、ようやく見当がついた。おそらく墓前から憑いてきたであろう彼女の未練は、Rくんの幸せを守る、という慈愛の念だ。ひそかに来院を迷惑がっていた私が、Rくんの敵かどうか、を品定めされていたにちがいない。

……なんだ、モテモテじゃないか。

皮肉でもなんでもなく、心の底からそう思った。

たぶんモトカノさんは、うれしかったのだ。

つぎの一歩を踏み出しても、自分を忘れずにいてくれた、Rくんの気持ちが。

情をそそがれれば情を返すし、恩を感じれば恩を返す。

ごく当たり前のことかもしれないが、相手がそれを意識したのは、まずRくん本人が無償の愛をそそいだ証拠だ。いきおいまかせのトラブルメーカー、というのが私の彼に対する評価だったが、それもすこし見直しが必要なのかもしれない。

生前のモトカノさんのことを、私は知らない。それでも、死してなお、彼女の想いは現世に焼きついて、こうしてRくんを見守っている。

その想いがEさんに引きつがれても、なにもかわらないだろう。きっとEさんごと、Rくんを庇護してくれるにちがいない。もしかすると、例の事故でRくんが助かったのも、死に際のモトカノさんが自分の身を挺して……。

そこまで妄想がすすんで、その先は自重した。

さすがにこれ以上は、感傷的にすぎる。

「また頭痛も酷くなってきたし、つぎは患者としてきますんで！」

しゃれにもならないことを言って席を立つRくんと、苦笑まじりながらも、かいがいしくその世話を焼いているEさん。

考えてみれば、あのYさんにしても、歪とはいえ命がけの愛をRくんにそそいでいた。

どうやら彼には、勝気な女性に好かれる才能があるらしい。

「なんでもいいけど、カノジョさんたちには、心配かけないようにね」

「……たち？」

「そっ、たち――」

今度こそ皮肉まじりに言うと、モトカノさんもふっとほほえんだ。

……ような気がした。

なんにせよ、これで今夜の仕事も終わりだ。ほんのいっときとはいえ、体を休めることができる。そう思うといっきに疲れがふき出して、見送りは断念させてもらった。院長机からかるく手をふって、ふたりを送り出す。

モトカノさんも無事に、Rくんのもとにもどっていった。

ぴょん、と片足で踏み出す、その去り際、

「大丈夫、お姉さんのことは、わたしが……」

そっと囁いた声を聞くことができたのは、除霊整体師の私だけだろう。

なるほど、恩には恩を、情には情を。

怨みを買えば、怨みで返ってくる、ということか。

怨《おん》がえし。

そんな言葉が脳裏に浮かんで、ふとYさんのことが気になった。きっとモトカノさんも、Rくんを守るためなら容赦はしまい。だがそれもやはり、私には関係のないことだ。いまは自分の霊障だけで、手いっぱいなのだから。

あの日のメモ

すこしだけ、むかしの話をしようと思う。

Aちゃんは、私が開業まえの二十代。まだ整骨院のやとわれ整体師だったころに、担当していた患者さんのお孫さんだった。

小学校にあがったばかりのAちゃんは、すこし奥手の愛らしい女の子で、たしか呼吸器系になにか持病があったと記憶している。たまに大事を取って学校を休んだときなど、ちょこちょことお爺ちゃんのあとをついてきて、先生方や患者さんたちに可愛がられていた。ちょっとした、待合室のアイドルだったといっていい。

お爺ちゃんを担当する、せんせい、だったからだろうか？

私にはとくになついてくれていて、よく施術しながらおしゃべりをした。

といっても、Aちゃんはくち数の多い子ではなかったので、ほぼ私が質問を投げかけ、それにAちゃんがうなずくのがいつものパターンだった。もっとも、実務経験をつむため院をわたりあるく施術家は、だいたい二、三年で修行先をかえることが多い。特定の院に長居して、そこのルーティーンが体に染みついてしまうのをさけるためだが、私もごたぶんに漏れず、じきに転院してAちゃんともそれきりになってしまった。

「……せんせい、いますか？」

そんなAちゃんが、ふいに私の院を訪ねてきた。

あ、れ……？　この声、は……。

覚醒した私の意識が声のぬしに気づくまで、数秒の時間がかかった。ぐるぐるまわる天井を見あげながら、のそり、とベッドがわりの応接ソファーで身を起こす。

「もしかして、Aちゃん、かい――？」

「……うん」

よろめきながら覗き込むと、院の入口にAちゃんが立っていた。まるでむかしとかわらない姿で、照れ臭そうにはにかんでいる。

「ずいぶん、ひさしぶりだねぇ、元気だった？」

思わず尋ねると、Aちゃんは、こくん、とうなずく。

その日、私は院に出たものの、すべての予約をキャンセルして昼から横になっていた。だましだましつかっていた体が、ついに限界を迎えてしまったのだ。だいぶまどろんだ気もしたが、まだ陽はかたむきかけたばかりだった。

「ほら、入って。いま、お茶でも出すから」

言ってから、しまった、ジュースかなにかのほうがよかったか？ とも思ったが、用意がないものは仕方がない。

とてとてとあるいてくるAちゃんに応接ソファーをあけわたし、ぎしぎしと軋む体を引きずって、いつものようにお茶の準備を始めた。なぜ、Aちゃんがひとりだったのか？ どうして、私の院の場所を知っていたのか？ いま思えばおかしなことだらけだったが、そのときの私は、熱のせいかすこしも疑問を持たなかった。

持病も快方に向かったのか、Aちゃんは終始にこにことほほえんでいた。

ただ、むくちなのはあいかわらずで、私の質問ぜめに、首をたてにふったり横にふったりするだけの、一方的な会話になった。それもとてもなつかしくて、その間は霊障の苦痛も忘れることができた。

そうして、二、三十分ほど話し込んだろうか。

「もう、かえらないと……」

ぽつりとつぶやいたAちゃんは、ぴょん、と跳ねるようにソファーを立つ。

「ああ、そうか、そうだよね」

なぜか自然と、そんな言葉が出てきた。

きたからには、帰らないといけない。子供も大人も、人間だって動物だって、それはみんなおなじだ。私だって、いつかはかならず、還らなくてはならないのだ。

頭の芯が、じぃんと痺れた。

ふらふらとAちゃんを玄関口まで見送り、一緒に鉄の格子ドアを出る。あとはこのうす暗い共用通路を抜けて、あのひかりのなかに。それできっと、楽になれる。施術のことも、患者さんのことも、もうなにも考えなくていいのだ。

けれど、急にふり向いたAちゃんは、静かに首を横にふった。

「せんせい、つくえのひきだしの一番おく、ちゃんとしらべてみてね」

——バチン。

と、派手な音を立てて、通路の蛍光灯がいっせいに消えた。はっと我に返って、とっさにポケットの守り石を握り締める。

私はいま、なにをしようとしていた？

すぐに電源は復旧して、チカチカと蛍光灯が順に灯ってゆく。ふたたびうす暗く浮きあがった共用通路に、すでにAちゃんの姿はなかった。表からさす西日が、タイル床の一部を赤く照らしているだけだ。

そこで私は、やっと気がついた。

どうしてAちゃんは、むかしとまったくかわらない姿だったのだ？

あれからもう、十年以上も経っているのに。

どうしても確認せずにはいられなくなって、夕方の繁忙どきを承知で、かつてお世話になっていた接骨院へ電話をかけた。迷惑がりながら応対してくれた院長は、それでも、神妙な声で教えてくれた。やはりAちゃんは、私が転院してすぐ、持病からくる肺炎をこじらせて、おさないまま帰らぬひととなっていた。

電話を切って、私はしばらく茫然とうなだれた。

あれがAちゃんの残留思念だったのか、偏差のせいで私が見ていた幻覚なのか、それはわからない。だが、ごそごそと探った院長机の引き出しの奥からは、ときを経て黄ばんでしまった、一枚の子供向けの可愛いメモが出てきた。私の最後の出勤となったあの日、Aちゃんが手わたしてくれたなつかしいメモだった。

そこにはつたないひらがなで、こんなメッセージが書いてあった。

「りっぱな、いんちょうせんせいになってね」

もしかするとAちゃんは、霊障で苦しんでいる私を見かねて、勇気づけにきてくれたのだろうか？　そう思うと、知らずに涙がこぼれていた。

天袋

「ちいさい押し入れから、こわいお姉さんが出てくるの……」

問診中に、いきなりそう言って泣き出してしまったのは、父親のJさんにつれられて来院した少女・Uちゃんだった。

「むすめがね、そう言って聞かないもんだから」

半笑いのJさんは、小馬鹿にしたような口調で言う。

あきらかに、霊障なんて、と言わんばかりの雰囲気だった。

どうしても、とたのみ込むから無理をして院を開けてみれば、このざまだ。はなから、子供の妄想、と決めつけているくちぶりは、正直、癇《かん》に障った……応接ソファーの背後からUちゃんを抱きすくめている、青白い顔の女のふてぶてしい態度よりも、よほど。いらだちが隠せなかった私は、ぶっきらぼうに返す。

「つまり、お父さんは、霊障を信じていないと？」

「そりゃそうでしょう、バカバカしい。こんなもん、ただの妄言ですよ。子供は夢と現実の区別がついてませんからね。きっと悪夢かなにかを見て、実際の光景と思い込んでるんだ。それを説得するのが、あんたの仕事でしょう？」

まったく、小学三年にもなって、とUちゃんを一瞥してため息をつくJさん。

Uちゃんは委縮して、ソファーで身を縮こまらせる。

こういう患者さんは、たしかにいた。というより、かつて私もそうだったように、むしろそっちが、一般的には多数派だろう。

実際、霊障などというのは、たいがいが勘ちがいで、思い込みによる、虚の霊障、であることがほとんどだ。その気持ちもわからなくはないが、今回のように運悪く、実の霊障、にぶち当たってしまうことだってある。私にしても、とうとう霊障で一般施術すらままならなくなって、数日まえから休業の張り紙を出して、院を閉めたままだった。……なのに。転送電話を切り忘れたこっちの落ち度とはいえ、夕刻の電話で叩き起こされたあげく、事情を説明しても数時間後にはこの高圧的なもの言いだ。

——こりゃあ、引きうけたのは失敗だったかな。

ふとそんな思いにとらわれ、辟易する。

だが、父親は父親として、Uちゃんが霊障で困っているのは事実だ。視てしまった以上、知らんぷりもできまい。

「まあ、いいや……とりあえず、くわしい話を聞かせてください」

「いいや、ってなんだ!」

私がやすい挑発をすると、Jさんは食ってかかりながらも説明を始めた。

Jさんの補足によれば、Uちゃんの様子がおかしくなったのは、おおよそ一週間ほどまえ。ふたり目のお子さんを妊娠中の奥さんが、出産のための入院で家を離れて、しばらく経ってからのことだという。

その日、深夜に激しく泣き出したUちゃんの声で、Jさんは子供部屋としてつかっている二階の和室に駆けつけた。と、泣きじゃくるUちゃんが天袋を指さし、

「お姉さんが、お姉さんが……!」

と、Jさんにすがりついてきたのだそうだ。

パニックになったUちゃんをおちつかせて話を聞いてみると、たどたどしく説明された状況はこうだった。夜中にふと目を覚ましたUちゃんが闇に目を凝らすと、押し入れの上にある天袋から、見も知らぬ若い女が、ずるり、と這い出してきた。そしてUちゃんを、どこかにつれ去ろうとしたのだという。

「お姉さん、って、そんなバカな」

初めこそ面食らったJさんだったが、いつもとなにもかわらぬ室内を確認して、すぐに冷

静さを取りもどした。

きっと怖い夢を見て、Uちゃんは困惑したのだろう。

「仕方ない、今日はお父さんと寝なさい」

あまりに泣きじゃくるUちゃんに、Jさんはやむなくそう判断した。

どうせ子供のことだ、一晩寝て目が覚めれば、夢のことなど忘れてけろっと元気になるにちがいない。そう思い、ふだんは入院中の奥さんとふたりでつかっている、一階の夫婦の寝室へUちゃんをつれていった。

が、Uちゃんはその夜、一睡もせず泣きじゃくりつづけた。

どころか、朝になっても泣きやまず、Jさんに、仕事に行かないでくれ、と懇願し始めたという。Uちゃんにつきあって徹夜明けになったJさんは、そのいらだちも手伝って、

「いいから、はやく学校のしたくをしなさい！」

そう言い聞かせたが、Uちゃんは子供部屋に近づこうともしない。

結局、その日は有休をつかって会社を休み、以来、一週間。家のなかにいるかぎり、Jさんのそばを離れようとせず、学校が終わっても家のそとでJさんを待ち、ときには警察に保護されるUちゃんの面倒を、つきっきりでみているらしい。

「母親不在の不安からくる、ヒステリーだかなんだか知らないけど。こっちだって、こんな

生活がつづいたら堪んないよ」

にがにがしげにいうJさんに、私はため息をついた。

まあ、言わんとしていることも、理解できないわけでもない。

子供の心は繊細だ。

Jさんの言う通り、そういうケースは往々にしてある。

家族の誰かが欠けたのをきっかけにして、急に見えない友だちと話し始めたり、いもしないはずの誰かが、家のなかにいると主張し始めたり、一見すると、心霊現象、とも取れるような言動をくり返したりすることもある。自分だけの空想の友人――イマジナリーフレンドなど、そのいい代表例だろう。

親だからといって、子供の奴隷なわけではない。

度がすぎた行動には、思わず腹が立つことだってあるだろう。

ただ、Uちゃんの場合、それとはべつだ。

Jさんを無視した私は身をかがめ、Uちゃんの目線に合わせて話しかける。

「もしかして、そのお姉さんって……お花のワンピースのひとかな?」

瞬間、Uちゃんは泣き腫らした目を大きく見開いた。

同時に、背後の女が、ぬるり、と顔をつき出し、にたりと笑う。

まったく、どいつもこいつも。Jさんにしろ、この憑き物女にしろ、どうしてこう、自分のことしか考えないのか。

私は身勝手な暴論のつぎに、子供の涙が嫌いだ。

「ちょっと待て、あんた、どうしてそんなことが……」

「わかるんですよ、除霊整体師だから」

ぽかんとほうけるJさんをよそに、私はアームチェアを立った。家の事情も父親の都合も、この際どうでもいい。まずは、このうす気味悪い花柄ワンピースの女を、Uちゃんから引っぺがすのがなによりも先決だ。

「大丈夫、おじさんが、すぐお姉さんを追っ払っちゃうからね」

にっこりほほえみかけると、施術台に腰かけたUちゃんは、こくりとうなずいた。

仏頂面のJさんは、応接ソファーからそれをながめている。

私は手のひらを打ち合わせると、触診を開始した。花柄女はまとわりついてくるし、体調は最悪だったが、この施術はやりとげるしかない。小学生のUちゃんに、刺激の強い矯正は危険なのでできないが、ようは縁を切るきっかけがあればいいのだ。そこは、かるい骨格調整で十分に代替できるだろう。

——さて、問題は。

花柄女の出どころがどこか、というところだった。

Uちゃんの証言を聞くかぎり、花柄女は、Uちゃんをつれ去ろう、としている。住処という表現が正しいかどうかはわからないが、つまり、天袋を通じてあらわれる花柄女、には、Uちゃんをつれ込むどこか、が存在するということだ。

おそらくここで引っぺがしたとしても、それを特定して対策しないかぎり、Uちゃんはなん度でも狙われるにちがいない。考えられる一番の可能性としては、Jさん宅のどこか、ということになるのだが……。

「冗談じゃない、子供の妄想のために、引っ越しなんかできるか！」

案の定、Jさんは猛り狂った。

とはいえ、私は除霊整体師であって、霊能者や神職ではない。

家に憑いた、死者のえねいと、まで、どうこうすることはできないのだ。

「だからって、ほかに方法がないでしょ」

「それをどうにかするのが、おまえの仕事だろう！」

「あのねぇ……」

そこまで責任が負えるか、そう言いかけて、くちをつぐんだ。施術台でまた泣き始めてしまったUちゃんに、これ以上、大人のみっともないところを見せるわけにはいかない。それに、勝ちほこったようにケタケタ笑い出した花柄女にも、むかっ腹が立った。こいつの思い通りに、なって堪るものか。

……だとしても、どうすりゃあ。

正直、八方ふさがり、といっていい状況だった。

本当ならこんなとき、家なり土地なりを除霊できる専門職を紹介できればいいのだが、あいにく私にその人脈はない。それに、そういった職業の人間を、私自身がまだ全面的に信じているわけではないし、あるいは師匠をたよれば、信頼に足る人物、とつないでもらえるのかもしれないが、その師匠自体がいまは行方不明なのだ。

師匠――。

心のなかでそうつぶやき、白衣のポケットの守り石を握り締める。

せめてUちゃんにも、こうやって、身を守ってくれるなにかがあったら。

……守ってくれる、もの？

そこで、ふと気づいた。もしかして、これなら……。

私はとっさに守り石を引き出すと、それをUちゃんに握らせた。根本的な解決にこそならないが、もうあとはこの方法しかない。

「いいかい？　この石を離しちゃいけないよ」

「……うん」

こくりとうなずくUちゃんにほほえむと、ぱん、と手のひらを打ち鳴らす。

その手を背後からUちゃんの両肩に当て、いっきに気を送り込んだ。あとはストレッチの要領で胸椎を微調整すると、ぷちん、とえねいとの結び目が断ち切れる感触があった。花柄女の表情が、いまいましげにゆがむ。

「ざまあみやがれ、この憑き物やろう」

つぶやいたひとことが、聞こえたかどうかはわからない。

が、花柄女はなん度かふらふらとUちゃんに近づき、守り石の力に阻まれ、くやしげな顔ですっとかき消えていった。

「いまので、終わりなのか？」

「ええ、一応、ね」

訝《いぶか》しげに尋ねるJさんに、とりあえずそう答える。

しかし、実際には、これも一時的なものだ。いまは退散した花柄女も、すぐにJさん宅にもどって、ふたたびUちゃんをつれ去りにあらわれるだろう……子供部屋の、天袋から。それを防げるのは、現状、師匠の守り石だけだ。

つまり、いっときとはいえ、私から守り石が離れることになる。

障る怪談、の霊障をうけているいま、それがどんな影響をおよぼすかはわからない。それでも選択肢は、それしかなかった。

私は大きく深呼吸して、Jさんをふり向く。

「ただ、やっぱり個人的には、すぐ引っ越すのをおすすめします。一週間だけ、考える時間をあげます。結論が出たら、その水晶は返却してください」

「そんな、むちゃくちゃな……!」

「あんたの可愛い、むすめさんのためだろうが!」

Jさんはぱくぱくとくちを開き、なにか言いたげだったが、やがて施術料を院長机に叩きつけると、Uちゃんの手を引いて帰って行った。

「……先生、ありがとう」

去り際のUちゃんのひとことだけが、満身創痍の私にとって、唯一の救いだった。ふたりの姿が見えなくなったのを確認すると、どっと疲れがふき出して、そのまま力つきて応接ソファーにくずれ落ちる。

そしてこれが、私の整体師としての、最後の施術となった。

一週間後、私は院のポストのまえで立ちつくしていた。

銀色の集合ポストのなかには、一通の手紙サイズの茶封筒が投函されていた。

あてがきも消印もない、まっさらな茶封筒を開けてみると、なかには、こなごなにくだけ散った守り石の残骸、と、

「引っ越すことにしました」

とだけ書かれた、Jさんのものらしい手紙が入っていた。

JさんとUちゃんの消息も、ぷつりととぎれた。

その後のふたりの身に、なにが起こったのか？　花柄女の正体が、なんだったのか？　すべてはそれで、闇にほうむられた。わかっているのは、私が完全に守り石をうしなった、という目のまえの事実と、そのせいで私だけでなく、私の家族、にまで、障る怪談、の霊障がおよび始めたという現実だけだった。

突然鳴ったスマホを取ると、実家の母の動揺した声が聞こえた。

それは、出先でたおれた父が緊急入院した、という最悪の知らせだった。

院長日誌

もうこれで、本当に最期かもしれない。

自室のベッドでぼぅっと天井を見あげながら、そう思った。

原因不明の発熱とめまい、そして体中にキリでも仕込まれたような激痛は、私から立ちあがる気力すらうばっていた。守り石をうしなった影響は、確実に出ていた。障る怪談、の霊障が、ついに全身を蝕み始めたのだ。

院を休業してなん日すぎたかも、もう覚えていない。本来なら、緊急手術でからくも一命を取り留めた父をみまわなければならなかったが、それすらもまだできないままでいた。

結局、私の父は脳にダメージを負い、要介護5の重度障碍者となった。

ひとづてに聞いた話では、父は出先で転倒して頭を強く打ち、そのまま意識が混濁して病院に緊急搬送されたという。たおれる直前の状況は判然としていなかったが、直後の一瞬だけ意識のはっきりしていた父は、

「気味の悪い女が……」

と、ひとことだけ言ったそうだ。

——だとすりゃあ、やっぱこれも、おれのせいだよなぁ。

ぼんやりした意識の底で、私は考える。

むろん父は、障る怪談、など聞いていない。

父の言った、気味の悪い女、が、片肘のへし曲がった例の女、のことかどうかもわからなかったが、私にはどうしてもそう思えてならなかった。なぜなら、あの女はいまでも、私のそばにいた。ベッドサイドでにたにたと不気味な笑みを浮かべ、まるで死の瞬間を待ちわびるように、私のことを見おろしている。

しかもすでに、女は幻覚ですらなくなっていた。

えねいとを持った、憑き物、として、ふたたび私のまえにあらわれたのだ。

「いいかげん、勘弁してくれよ」

さらに言えば、私は女のえねいとを、よく知っていた。

もっとも身近で、誰のものより読みやすい。

知識でも経験でも理屈でもない、本能の部分で感じ取れる。あらためて気配を探るまでもなく、これは、私自身のえねいとだ。

「おまえ、いったいなにがしたいんだ、本当に……」

聞いたところで、女が答えるわけもない。

ただ、こいつが、私のえねいとから生まれた、ということだけは確実だった。きっと父のもとにあらわれたのも、幻覚ではなく、こっちの憑き物のほうだろう。除霊整体師である私にだから起こり得た現象なのか、あるいは、障る怪談、の霊障に蝕まれたもの全員にあらわれる現象なのか、それはわからない。

それでも霊障は、こうして本人だけでなく、周囲の人間にまでおよんでゆく。

おそらく、宿主である、私の命がつきるまで。

……ならば、いっそこのまま。

のろのろと緩慢《かんまん》にまわる頭に、ひたすら後悔の念がわきあがる。私がかるはずみに、霊障なんぞと関わったせいで。除霊整体師などという因果な生き方を、やすぶしんな正義感から選択してしまったせいで。

だとすれば、これこそ、因果応報、というやつだ。

私は運命に身を任せ、静かに目を閉じる。

そうして夜になり、また朝がくる。私が放つ死臭に惹かれたのか、それとも、偏差、で暴発をつづける気が引きよせたのか、それをなん度かくり返すうちに、私の部屋には無数の憑き物たちまであつまり始めていた。

通りすがりの雑霊から、かつて引っぺがした連中まで。

あっという間に憑き物であふれた私の部屋は、いつかの暴走時のように、おばけ屋敷さながらの状態になった。カエルともサンショウウオともつかないバケモノに、バラバラのパーツだけに解体された主婦。部屋のまんなかをパタパタと駆け抜けていったのは、初めて私がとり憑かれた水子の幽霊だろうか？　そいつらをしたがわせるように、女はねじ曲がった片腕をぶんぶんとふりまわす。それが幻覚なのか本物なのか。そもそも、これが夢なのか現実なのか、それすらも判断できなくなるまで弱ったころ、

「せんせい、がんばって……」

耳もとで、消え入りそうな声がした。

かすかだが、なつかしくてあたたかいその声が、私に残った最後の意識をつなぎ留めてくれた。そうだ、これは修行中のあの日、手書きのメモではげましてくれた、死してなお、破滅に向かって転がり始めた私を勇気づけてくれた、あの声だ。

「A、ちゃん？」

声をたよりに、どうにか動かせる目だけで周囲を探る。

重くカーテンで閉ざされた暗がりのなか、ふらふらとさまよう視界のその先に、Aちゃんはいた。枕もとによりそうようにひざまずき、両手を広げている。まるで、憑き物たちから

私を守ろうとするかのように。

「やあ、Aちゃんも、迎えにきてくれたのかい?」

尋ねると、Aちゃんは静かに首をふった。

いまにも泣き出しそうなその顔に、私はさらに質問を投げかける。

「どうして? もう、そっちにいく時間なのに」

「まだ、きちゃだめ……もうすぐ、たすけにきてくれるから」

「助けに、って誰が?」

気を抜けばとぎれそうになる意識の片すみで、私は思考をめぐらせる。そんな人間は、もうどこにもいない。そんなものだって、もうありはしない。

師匠は、いなくなってしまった。

守り石だって、くだけて力をなくしてしまったのだ。

けれど、Aちゃんはにっこりほほえむと、もう一度だけくり返す。

「だいじょうぶ、もうすぐだから……」

待ってくれ、置いていかないでくれ。じょじょにうすれて消えてゆくその姿に、私は思わず手を伸ばそうとした。だが、腕に力が入らない。伸ばそうとした腕は空を切り、むなしくベッドからたれさがる。

そのぶざまな姿を見おろして、げたげたと憑き物たちは楽しげに笑った。

やはり、ここまでか。私はこのまま引き込まれ、こいつらの仲間入りをするのだ。そう思い、ふたたび目を閉じかけたとき――。

「ああ、こりゃあ、大変なことになってるねぇ」

と、玄関から声がした。

つづけて、ぱん！　と、ひと際大きな手を打ち鳴らす音。

「……師、匠？」

夢うつつでつぶやく私のまわりから、ぱっと憑き物たちが霧散した。ぎしぎしと床を踏む音が近づいてきて、キッチンとの間仕切りドアが開く。

「カギが開いてたみたいだから、勝手に入らせてもらったよ」

「生きてたんすね、師匠」

「あたりまえだよ、ごあいさつだなぁ」

どこか調子っぱずれの、なつかしいイントネーション。

師匠は苦笑いでため息をつくと、部屋中のカーテンを引き開けた。

いつの間にか夜が明けていたようで、窓から強烈な日射しがさし込んでくる。

「……うぅ」

と、目がくらんで、私はうめきを漏らした。

朝の日が運んできた陽の気が部屋にみたされ、充満していた陰の気が、いくぶんうすらいでゆくのが感じられた。

「さ、それじゃあ、始めようか」

「始めるって、なにを？」

「決まってるでしょ、あなたの除霊施術を、だよ」

そう言って師匠は、持ってきた荷物から、さまざまな食材を取り出した。

肉やら青菜やら、見たことのある食材もあれば、私の知らない乾物もあった。それらを冷蔵庫に押し込むと、師匠はドクターコートを羽織る。

除霊施術は、大がかりなものになった。

いつもの手技だけでなく、香を焚いたり、薬膳料理で体のなかからえねいとの毒気を祓ったり、総合的な施術だった。まず全身を矯正し、開きっぱなしになった丹田を上から順に閉じてゆく。上丹田、中丹田、下丹田――頭蓋骨、胸椎、骨盤と調整し終えると、師匠はキッチンに行って料理を始めた。

出された料理も、いろいろだった。

かゆや蒸し物、やたらえぐみの利いたスープ。

ベッドで身を起こすのがやっとの私は、言われるまま盆の上の料理を、動かない胃のなかにむりやり詰め込んでいった。

師匠の看病は、手厚く親身なものだった。

だが、手厚ければ手厚いほど、

——放っておいてくれりゃ、よかったのに。

というなげやりな思いが、私のなかにわきあがってくる。

たぶんこれで、私の霊障は改善するのだろう。

だが、私のせいでたおれた父は、二度と回復しない。霊障の影響がおよぶことはなくなったとしても、残りの生涯を、病院のベッドか施設ですごすことになるのだ。

私はその罪を、つぐなわなくてはならない。

そう告げると、

「馬鹿だねぇ、くだらないこと考えてないで、回復に専念しなさい」

と、師匠にたしなめられた。

「……でも、師匠」

「でも、じゃないの。あなたまじめすぎ。そんなことじゃ、ひとの病みに触れる除霊整体なんか、やってられないよ。初めて会ったとき、向いてる、って言ったけど……やっぱりあれ、ぼくのまちがいだったのかもしれないねぇ」

「いまさら、そりゃ、ないっすよ」

とぎれとぎれに言って、私は力つきてまどろんだ。

師匠の施術は、数日間におよんだ。

その間も師匠は、つきっきりの看病をつづけてくれた。日に一度、陽の気を取り込んでの、朝の除霊整体。三度の薬膳を取る以外は、私は泥のように眠り込んでいた。その最中も師匠は、断続的に部屋の浄化をおこなってくれていた。

そのサイクルを三度くり返し、ようやく私の体力が回復し始めたころ、師匠は朝の施術を終えてからこう告げた。

「じゃ、そろそろ、最後の仕上げにかかろうか」

「最後の、仕上げ?」

「そ、例の女を、追っ払う……というか、もとの場所へ還すの」

「……はぁ?」

さらりと言われて、私は茫然とした。

できるのか、そんなことが? そもそもあれは、私の分身だぞ?

そう、この数日の施術期間中、私はずっと夢うつつのなかで考えていた。そうして、やっとたどりついたのだ。あの女は、憑き物でさえない。暴走した私のえねいとが生んだ、私自身の負の感情、の化身なのだ。

——妬み、嫉み、自己顕示欲。

そういったうしろ暗い感情を、人間なら誰しも持っている。

それは私だって、例外ではない。

ヒーローになりたい、患者さんに感謝されたい。そんな一見ポジティブな感情だって、自己正当化して裏返れば、十分にマイナスの感情になる。自分に不利な人間を悪役にしたてて
ヒステリックにわめき出せば、立派なサイコの誕生だ。

だからこそひとは、頭をひやしてその感情をセーブする。

心の奥底に願望を押し込めて、忘れたふりをする。

そうやって負の感情にふたをして、うまくやりくりするのが、人間関係だ。だが、それも長くなりすぎると、一度くらいは敵意がむき出しになることだってあるだろう。

親子関係、などというのはその典型だ。

実際、物理的な距離が開いたいまだからこそ、良好な関係を保ててはいたが、優等生とは言いがたかった思春期の私が、一番ぶつかったのは父だ。忘れていた……いや、忘れていると思い込んでいたその敵意が、偏差、で具現化されて、父に霊障をおよぼした。そう考える

と、すべての不可解な点が、線として結びつく。

実際、あのときの私は、Uちゃんと J さんの一件で憤っていた。

その感情は、まぎれもなく、父という存在に向いていた。

それがどういう理屈なのかは、私にもわからない。けれど、障る怪談、の霊障の真の怖ろしさは、そうやって負の連鎖を際限なく広げてゆくところだ。もし封じ込めるなら、それにこしたことはないが……。

「だから、それをするのは、ぼくじゃなくてあなた自身だよ」

そう言って、師匠は不敵にほほえんだ。

そしてその晩、私は夢を見た。


夢のなかの私は、あの女と向かい合っていた。

院でも自室でもない、壁も床も天井も、なにもかもまっしろでなにもない小部屋に、私と彼女だけがつっ立っている。

「……おまえ、やっぱりおれなのか？」

私は女をにらみ、ぶっきらぼうに尋ねる。

女はにたにたと私を見つめ、ねじ曲がった右腕をぶんぶんとゆらしている。

夢のなかのせいだろうか？　私の感情は恐怖でも怒りでもなく、激しい嫌悪にとらわれていた。見たくないもの――本来はふたをして、見えないふりをしていたものをむりやりつきつけられたときの、気持ちの悪さだ。

「いますぐ、引っぺがしてやるよ」

私はその感情を、ストレートに女にぶつけた。

ぱん、と手のひらを打ち合わせ、手のなかで気をふくらませる。

――だが、この気をどこに？

引っぺがすもなにも、彼女は私自身なのだ。

倫理やモラル。そういった表の顔とはべつに、生まれたときから私のなかにある、もうひとりの私の顔。断ち切るえねいとの結び目も、ほどくべき縁もない。完全に表裏一体の、純然たるもうひとりの私……。

どんなに醜かろうが、どんなに忌まわしかろうが、これもまた、私だ。

認めるしかない、真実の私の姿でもあるのだ。

ふっと脳裏に、ある女性の姿が浮かんだ。

彼女はそれをうけ入れ、実弟との叶わぬ恋を成就させようとした。私は彼女を怖れ、またどこかで、うらやましいとも思っていた。

手段のぜひはどうあれ、そこまで自分を肯定できる強さ。むろん、彼女のしたことはゆるされるべくもないが、私はきっと、あこがれてもいたのだ。どろどろしたむき出しの自分から目をそらさなかった、その強さに。

——ああ、そうか、そうなのか。

たしか師匠も言っていた。もとの場所に還せ、と。

私は合わせた手を解き、女に向かってさし出す。女はなにかをつかもうとするように、ねじくれた右腕をふりまわす。

その腕を左手で取ると、気を送り込んでえねいとを同調させた。と、どろどろとうす暗い負のイメージが、いっきにながれ込んでくる。だが、これもまちがいなく、私の感情だ。引っぺがすでも封じ込めるでもなく、うけ入れてコントロールすべき私の一部だ。そう思った瞬間、女はうすれて、私のなかに溶け込んでいった。

夢のなかの私は、それを見届けて苦笑いを浮かべる。

もう私のなかから、嫌悪感は消えていた。

翌朝、めざめるとまたすこし熱があがっていた。

「大丈夫、風邪が治るまえに熱がふき出す、あれみたいなもんだよ」

そう言って師匠はカーテンを開け、最後の除霊施術をほどこしてくれた。私はすこし頭がぼうっとして、うわの空で聞いていた。

「どうだった、ちゃんと自分と向き合うこと、できた？」

「……はい」

「そ、だったらもう、この力はいらないね」

どこか遠ざかって聞こえる、師匠の声。

そして師匠は、私のすべての丹田を完全に絞りきった。これでもう、偏差、になやまされる心配がなくなったかわりに、私は除霊整体師としての能力をうしなった。師匠は、くだけた守り石の残骸を手に取ると、

「じゃあ、これは没収。やっぱりあなた、この仕事向いてないよ」

あっけらかんと言って、荷物をまとめ始めた。

そのときやっと気づいたが、旅にでも出るような大荷物だ。

「どこか行くんすか、師匠」

「うん、帰るの。国に」

「……くに？」

「そ、中国。だから、おわかれを言いにきたんだよ」

ああ、やっぱりな。熱にうかされた私は、なんとなくそう思った。

おそらくもう、二度と師匠とは会えないだろう。そんな予感がして、ずっと気がかりだったことを、思いきって尋ねてみる。

「最後にひとつ、聞いていいっすか？」

「ん？　なに？」

「師匠も、読みましたよね？　障る怪談」

そう、あのときだ。

かつて、霊障で暴走した私が立てた、ダイエット計画。障る怪談、を患者さんに聞かせて、霊障によるダイエットを、という暴挙を止めてくれたとき、師匠は私のパソコンのなかにある、プランの走り書きを見てしまった。

そこには、たしかに書いてあったのだ。

いまは破棄した、障る怪談、の詳細な内容が。

「さあ、どうだったかなぁ？」

おどけるように言って、師匠は肩越しにかるく手をふった。どこかやつれたその背中を見送りながら、私はまどろみに落ちていった。

長かった私の整体師としての人生も、それで幕を閉じた。

祈りとともに（エピローグ）

そうしていま、古い友人のつてでライター業界にもぐり込んだ私は、どうにかこうにか、執筆業で生計を立てている。

院の看板をおろし、部屋も引きはらって、実家にもどってきた。

気をコントロールすることも、えねいとを読むことも、憑き物を視ることもできなくなったかわりに、静かな生活を送っている。ふとした拍子に波長が合ってしまい、ごくたまに、不可解なもの、を目撃したりもするが、それくらいはご愛嬌のうちだ。

師匠の行方は、結局、わからずじまいだった。

本当に、母国に帰ってしまったのか、それともまだ、この国のどこかでひっそり院を営んでいるのか……回復してから一度だけ、かつての院を覗いてみたが、すでにもぬけのからでテナント募集の張り紙がされていた。

それもまた、めぐりあわせだった、といまは思う。

やはり師匠が言ったように、よけいなものをしょい込みすぎる私は、ひとの病みに触れる

〝あの仕事〟には、向いていなかったのだろう。

さいわいにも、私の父も奇跡的な回復をみせていた。

一時は寝たきりで意識ももどらず、これ以上の回復は望めない、と断言された父だったが、いまでは車いすにのって、院内を移動できるようにまでなっていた。言語にも障がいは残ったが、ちゃんと私たち家族のことも認識できるようになり、担当医のすすめもあり、リハビリ専門の病院への移動も決まったところだ。

その転院の手つづきも終え、会計ロビーで順番を待っていると、

「どうしました、ぼんやりして？」

と、ふいに声がかかった。

いつの間に座っていたのだろう？　とっさに顔をあげると、私の隣の席で、見知らぬ老人がにこにこと満面の笑みを浮かべている。

「いえ、ちょっと、むかしの仕事のことを思い出してまして」

「ほう、それはそれは」

私が返すと、お爺さんは満足げにうなずいた。

初めて会うはずなのに、どこかなつかしい、不思議な雰囲気の老人だった。

「それで、むかしは、どんなご職業を？」

「ええっと、整体師、かな？」

それだけ告げると、ほほぉ、と老人は大げさにおどろいた。

なんとなく、本当に院のころを思い出して、ついつい私も話し込んでしまった。聞き上手、というのか、老人のあいづちのタイミングも絶妙で、もちろん憑き物や除霊整体のことはふせたままだったが、私は請われるままエピソードを披露した。そのいきおいは、ほかの待合客がかるく引くほどだった。

開業してから、ひょんなことで師匠と出会ったこと。

そこで学んだ〝気功整体〟が、その後の人生に大きく影響したこと。

気功鍛錬や整体修行、そして、えねいとのこと。そういえば、カップルの患者さんの痴話ゲンカにまき込まれて、さんざんな目にあったこともあった。たまに院に遊びにきていたあの中学生の少年は、いまでも元気にしているだろうか？　まださして時間も経っていないのに、とても遠い日のできごとだった気すらする。

そんならちもない思い出話のかずかずを、老人は、うんうん、といちいち楽しそうにうなずきながら聞いていてくれた。ひとしきり話し終えた私が息をつくと、小さく首をかしげながら、こんなことを尋ねてくる。

「それで、どうしてまた、引退を？」

「それは――」

思わず私がくちごもると、これはこれは、と老人が話を引き取った。

「人生なんて、ままならないもんです。まあ、頑張んなさい」

「そうですね、たしかに」

しみじみと答えたところで、私の名前が呼ばれた。はい、と受付に答えて、ほんの一瞬、老人から目をそらす。

ふり向くと、すでに老人は消えていた。

「……こんなところで、ひとりごとなんて、ねぇ」

ひそひそ囁かれるロビーの声に、私は苦笑しながら席を立った。

カウンターで父の入院費の支払いをすませると、そそくさとエントランスを出る。

うすいスモークの自動ドアが開き、晴れわたった空からさす日射しに、手をかざして目をそむけた。ガラス張りのウィンドー越しに覗いたロビーには、ひとがあふれ返っている。どこかでまだ、老人がにこにことほほえんでいるような気がした。

――闇は病み、憑かれは疲れ。

ひとの数だけ、喜怒哀楽は存在する。

その感情はときに暴走し、奇妙な現象を引き起こすこともある。

むろんそのすべてが、人知のおよばないものだと私は思わない。だが、それが虚であれ実であれ、ひとがこの世界に存在するかぎり、まだまだ、闇と憑かれの物語、はどこかでつむがれつづけてゆくのだろう。

ひょっとすると、私もまた……。

著者紹介

千国礼拓（せんごく・あやた）

作家・小説家。1969 年埼玉県生まれ。整体学校卒業ののち、気功整体師のもとで除霊整体を学び療術院を経営。引退後はフリーのシナリオライターとして、ゲームを中心に活躍。ホラー書籍『虚実医霊 ～除霊整体師 禁忌のカルテ～』にてデビュー。

虚《きょ》実《じつ》医《い》霊《りょう》 ～除霊整体師 禁忌のカルテ～

2021 年 8 月 18 日　第 1 刷

著　者　千国礼拓

発行人　山田有司

発行所　株式会社　彩図社
東京都豊島区南大塚 3-24-4
MTビル　〒 170-0005
TEL：03-5985-8213　FAX：03-5985-8224

印刷所　シナノ印刷株式会社

URL https://www.saiz.co.jp　Twitter https://twitter.com/saiz_sha

　ISBN978-4-8013-0545-8 C0095